U0028278

# 欲愛書

## 寫給Ly's M

蔣勳

A Book of Desire and Love

Chiang Hsun

20週年

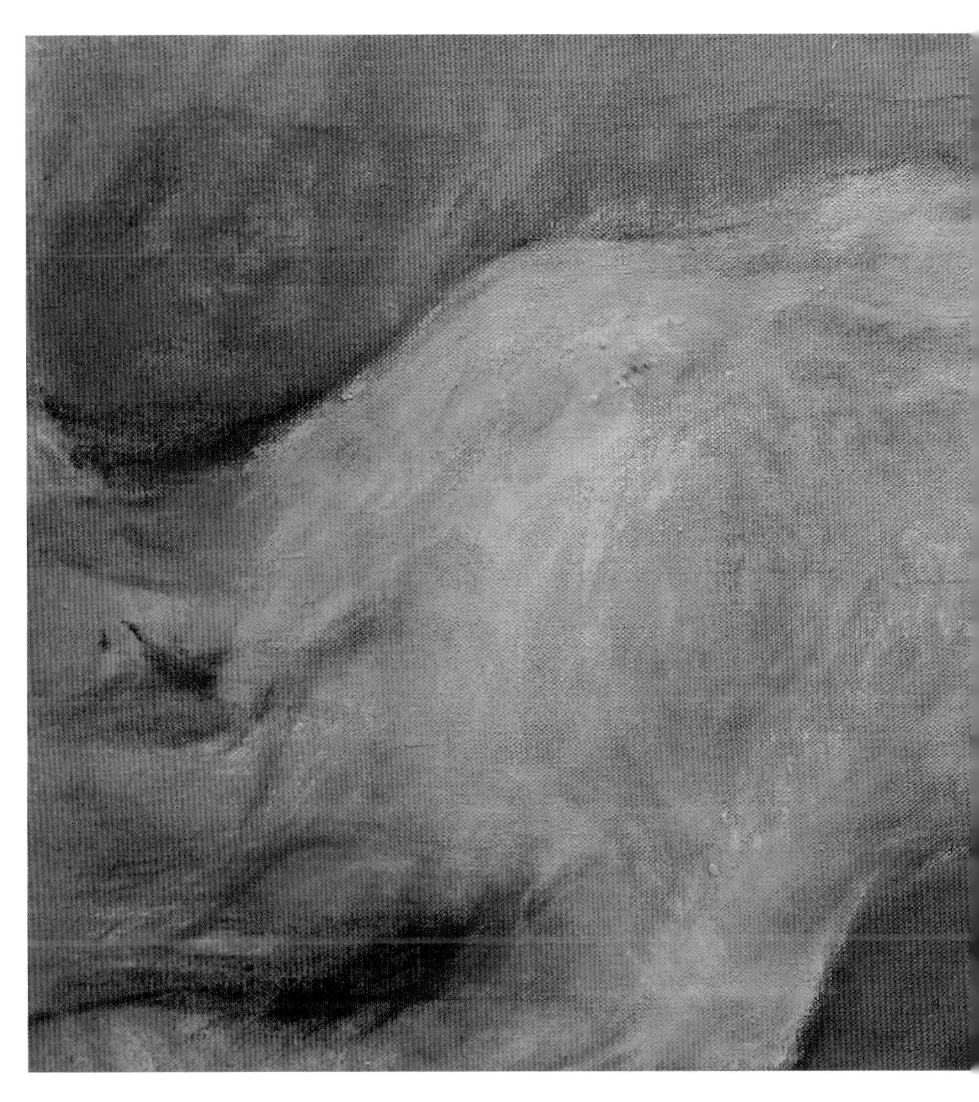

你相信嗎？欲望和愛的真正幸福，來自節制，而並非放縱。

# 欲愛書

## 目次

# 新版序手稿

"欲愛書"是二十年前的十封信。談欲望，談愛。在那個還不普遍用電腦的年代，十封信都是手寫的。手寫的文字漸漸少了，連我自己，也好久沒有用手寫文字。在快速的平板電腦或手机裏書寫"欲望"書寫"愛"，究竟與用手一個字一個字書寫有什麼不同？

我因此一直猶疑，二十年後，重新出版昔日一個字一個字手寫的「欲愛書」有什麼不同的意義嗎？

「欲愛書」重新出版二十年紀念版，出版社的計劃是在二○二○年春天完成。

也剛好遇到新冠肺炎的世紀大流行，一兆人感染，三百萬人死亡，世界沒有一個角落倖免。我從倫敦落荒而逃，cancel了所有的旅行計劃，一整年，調養身体，心臟裝了支架，切除了一小片肺葉，膝關節復健……

出版社的朋友仍耐心等待着我的「序言」，拖了整整一年，在身体的各種病痛中，忽然想：我能不能重新

拿起筆來，一個字一個字書寫
我久已不復記憶的欲望，
久已陌生如路人的當年悸
動的愛。
拿起筆來時，一切都好陌生。
這些敲鍵盤時很容易出現
的文字，竟是這樣複雜的結構。
「愛」，需要好多筆劃去完成，和
手机裏傳簡訊敲出的「愛」是
如此不同。
一個筆劃、一個線條，一橫、一豎
、一個小小的點，都必須用
心、耐心去完成。
也許被手机寵壞了，重新
用手書寫，原來自己的手和腦

都變得如此急躁。那些

點、捺、撇、橫、豎⋯那些交

錯的線條組織，久久不用，

已經很陌生，僅僅二十年，

我自己的身上流失了多少善待

"欲望"、善待"愛"的專心和

耐心。

如果二十年前手寫的十封信

還在，也許應該用手稿的方

式出版。不是印刷的字体，

而是用手書寫的，每一個筆劃

都看得到欲望的焦躁，困惑，

耽溺，也看得到愛的狂道，

滿足或虛無吧

是的，我們活在一個錯綜複雜的世界，時間與空間相遇，無以名之的因果，像此刻手寫「欲望」或「愛」，筆劃繁雜，習慣了手機之後，我們還回得去那樣精微巧妙的結構組織嗎？

像刺繡或精密的編織，像我此刻身邊放着的敦煌「佛說梵摩渝經」的一千五百年前的手抄佛經。不是什麼書法名家，只是荒僻洞窟裏一個可能地位低卑的僧侶，一絲不苟地書寫着他心中的信仰。

「能分一身為十，十為百，百為千，千為萬，萬為無數。又能合無數身，還為一身。…」

我嘗試抄寫，嘗試經驗一個一千五百年前信仰者在幽暗洞窟裏用柔軟的毛筆在紙張上一筆一劃的頓挫撇捺。呼吸和心跳都在筆劃間，那張粗礪的紙感覺得到毛筆書寫時的輕重，或困頓、或溫柔、或迷惘、或醒悟。

我們的「欲望」也可以如此嗎？
我們的「愛」也可以如此嗎？

像闃暗洞窟裏僧人的修行，每一筆劃都那麼慎重。他用很深刻的線條寫下這樣的句子「——十億劫生死——」他真的相信這肉身有十億劫來的生死份量嗎？

永恆，究竟是什麼？

二000年千禧年，許多地區在慶祝。人類的歷史遇到後面有三個「零」的年代並不多，上一次是一000年。

我在日本看了一個發人深省的展覽，展覽的內容以一千年為單位，尋找不同文明延續超過一千年的物件，例如：紙，紙的使用超過一千年，而且還在使用。例如陶器，可能超過七千年或八千年，也還在使用；例如農業、種植五穀，可能超過一億年，也還在延續。

很有意思的展覽，提醒我和一千年對話。

工業革命還沒有一千年，火車、汽車沒有一千年，電燈沒有千年。電腦、手机更短，它們會繼續成為一千年後的文明嗎？

我不知道。然而清楚看到包括自己在內，像手机、在我們生活裏發生了多麼巨大的影响。

我有時瀏覽二十歲這一代

的臉書，看到下面這樣一段紀錄：

「今天約砲，沒地方，只好帶回家。剛好被父親撞見。父親向我咆哮：不要把我家當你的砲房。我很怒，當面嗆他：我們家本來是砲房，不然怎麼會有我。」

一千五百年前洞窟裏留下來的「佛說摩訶衍經」或許很遙遠了，我在青年一代的臉書裏如讀佛經一樣讀到十億劫來生死的份量。

對話，人與父親、母親的对話

人與兄弟姐妹的对話，與朋友的

对話，戀人，最終是與自己的对

話，無論是任何形式，在古老

文明裏的歌唱、舞蹈是对話，

祭祀山川天地的儀式是和神

对話，和日、月、星辰对話，和

不可知的時間與空間对話。

那樣長久孤独的对話使

人類可以靜靜觀看一群夜

晚的星群，观看它們的升起、

移動，聚散、沉落……

巴比倫人這样观看，尼羅河

畔，黄河岸边，恆河源頭，

许多文明用超过一千年的時
間观看天星，知道世纪的移
轉，懂了自己生辰中標记
的水平，天秤，魔羯，狮子
……
知道每一顆星的升沉与我们
的關係，知道自己身体的呼
吸關聯着宇宙间的風雨春去，
關係着每一日的日升月恒，
關係着花開花落，在十億
劫中某一個生命的生死
流轉。
所以，為什麼要在20年
後重新閱讀寫給Ly's M

的十封信。

二十年，在"欲望"和"愛"都已無盡老矣的時刻，凝視肉身，還可以在衰老中找到一些青春時的魂魄嗎？

二十年，足足可以讓菓實和穀物發酵，在封存的密窖囚禁中釀成芬香，都到可以溢出流淌的甘洌佳釀。

所以，Ms H，我一字一字書寫，笨拙的線條，

突然遺忘了筆劃的書寫，
這痲痺的序如此狠狠
難堪，希望它十億到
未生孩童的回響。

你的肉身歷歷在目，
你的欲望和你的愛，使
一時充奮不克自制的肉
体，一時悸動情不自禁的
愛的纏綿，也還有機
會贖完欲愛之罪，可以
伏在佛前，如一縷
香烟繚繞嗎？

【新版序】

# 《欲愛書》二十年

你相信嗎？欲望和愛的真正幸福，來自節制，而並非放縱。

蔣勳

《欲愛書》是二十年前的十二封信。談欲望、談愛。

在那個還不普遍用電腦的年代，十二封信都是手寫的。

手寫的文字漸漸少了，連我自己，持續手寫到中年，竟然也好久沒有用手寫文字了。

二十一世紀，在快速的平板電腦或手機裡書寫「欲望」，書寫「愛」，究竟與用手一個字一個字書寫有什麼不同？

我因此一直猶疑，二十年後，重新出版昔日一個字一個字手寫的《欲愛書》有什麼不同的意義嗎？

《欲愛書》重新出版二十年紀念版，出版社的計畫是在二〇二〇年春天完成。也剛好遇到新冠肺炎的世紀大流行，一億人感染，三百萬人死亡，世界沒有一個角落倖免。我從倫敦落荒而逃，Cancel了所有的旅行計畫，一整年，調養身體，心臟裝了支架，切除了一小片肺葉，膝關節復健……

肉身衰老，青年時的「欲望」「愛」，即使頻頻回首，還是愈來愈遙遠。出版社的朋友仍耐心等待著我的「序言」，新版「序」拖了整整一年，在身體的各種病痛中，忽然想：我能不能重新拿起筆來，一個字一個字書寫我久已不復記憶的欲望，久已陌生的當年悸動的愛。

拿起筆來時，一切都好陌生。這些敲鍵盤時很容易出現的文字，竟是這樣複雜的結構。

「愛」，需要好多筆畫去完成，和手機裡傳簡訊敲出的「愛」是如此不同。「欲望」也要一筆一畫慢慢書寫，沒有速成。

一個筆畫、一個線條、一橫、一豎，一個小小的點，都必須用心、耐心去完成。「愛」和「欲望」都有好多細節。

也許被手機寵壞了，重新用手書寫，原來自己的手和腦都變得如此急躁。那些點、捺、撇、橫、豎……那些交錯的線條組織，久久不用，已經很陌生，常常停頓，想不起來該怎麼寫。像疫情蔓延的世界，生活的速度被強迫停頓了。

僅僅二十年，我自己的身上流失了多少善待「欲望」、善待「愛」的專心與耐心。

如果二十年前手寫的十二封信還在，也許應該用手稿的方式出版。不是印刷的字體，而是用手書寫的。在手寫的文字裡，每一個筆畫都看得到欲望的焦躁、困惑、耽溺，也看得到愛的狂渴、滿足或虛無吧。

手寫的文字原來是有人的溫度的。

是的，我們活在一個錯綜複雜的世界，時間與空間相遇，無以名之的因果，像此刻手寫「欲望」或「愛」，筆畫繁難。如果掉進另一個因果，習慣了手機之後，我們還回得去那樣精微巧妙的結構組織嗎？還感受得到昔日「欲望」與「愛」的肉身溫度嗎？

像鄂圖曼帝國最繁複的刺繡或精密的編織，像我此刻身邊放著的敦煌《佛說梵摩渝經》的一千五百年前的手抄佛經。不是什麼書法名家，只是荒僻洞窟裡一個可能地位低卑的僧侶，經年累月，一絲不苟地書寫著他心中的信仰。

「能分一身為十，十為百，百為千，千為萬，萬為無數。又能合無數身，還為一身。……」

我嘗試抄寫，嘗試經驗一個一千五百年前信仰者在幽暗洞窟裡用柔軟的毛筆在紙張上一筆一畫的頓挫撇捺。

呼吸和心跳都在筆畫間，那張粗礪的紙感覺得到毛筆書寫時的凝重，或困頓，或溫柔，或迷惘，或醒悟。

我們的「欲望」也可以如此嗎？

我們的「愛」也可以如此嗎？

像闃暗洞窟裡僧人的修行，每一筆畫都那麼慎重。他用很深刻的線條寫下這樣的句子「——十億劫生死——」，他真的相信這肉身有十億劫來的生死分量嗎？

我們的「欲望」是「十億劫來」，我們的「愛」也是「十億劫來」。手機的軟體如何理解「十億劫來」？

永恆，究竟是什麼？

二〇〇〇年千禧年，許多地區在慶祝。

人類的歷史遇到後面有三個「零」的年代並不多，上一次是一〇〇〇年。「千禧年」，我在日本看了一個發人深省的展覽，展覽的內容以一千年為單位，尋找不同文明延續超過一千年的物件，例如：紙，紙的使用超過一千年，而且還在使用；例如陶器，可能超過七千年或八千年，也還在使用；例如農業，種植五穀，可能超過一萬年，也還在延續。

很有意思的展覽，提醒我和一千年對話。

這麼短促瞬間即逝的肉身如何和一千年對話。

仰望星空，那星空是「十億劫來」的星空。巴比倫人看過，希臘人看過，尼羅河畔、黃河流域的人看過，很細心觀察和記錄那繁複星辰的移動、流轉、升起，或隕落……

我們習慣的星座在巴比倫人的石碑上就已經鐫刻註記了，那是紀元前的事了。

我們說的「現代文明」有多久？

工業革命還沒有一千年，火車、汽車沒有一千年，電燈沒有一千年。電腦、手機更短，它們會繼續成為一千年後的文明嗎？

我不知道。然而清楚看到包括自己在內，像手機，在我們生活裡發生了多麼巨大的影響。

影響著我們的「欲望」，也影響著我們的「愛」。

我有時瀏覽二十歲這一代的臉書，偶然看到下面這樣一段紀錄：

「今天約砲，沒地方，只好帶回家。剛好被父親撞見。父親向我咆哮：不要把我家當你的砲房。我很怒，當面嗆他：我們家本來是砲房，不然怎麼會有我。」

這是手機年代的故事了。

一千五百年前洞窟裡留下來的《佛說梵摩渝經》或許很遙遠了，我在青年一代的臉書裡如讀佛經一樣讀到十億劫來生死的分量。

對話，人與父親、母親的對話，人與兄弟姊妹的對話，與朋友的對話，或者，最終是與自己的對話，無論是任何形式，在古老文明裡的歌唱、舞蹈是對話，祭祀山川天地的儀式是和神對話，和日、月、星辰對話，和不可知的時間與空間對話。那樣長久孤獨的對話使人類可以靜靜觀看一群夜晚的星群，觀看它們的升起、移動、聚散、沉落……

巴比倫人這樣觀看，尼羅河畔、黃河岸邊、恆河源頭，許多文明用超過一千年的時間觀看天星，知道世紀的移轉，懂了自己生辰中標記的水瓶、天秤、魔羯、獅子……

知道每一顆星的升沉與我們的關係，知道自己身體的呼吸關聯著宇宙間的風雨來去，關係著每一日的日升月恆，關係著花開花落，在十億劫中等候一個生命的生死流轉。

所以，為什麼要在二十年後，重新閱讀寫給Ly's M的十二封信。

二十年，在「欲望」和「愛」都已垂垂老矣的時刻，凝視肉身，還可以在衰老中找到一點青春時的魂魄嗎？

二十年，足足可以讓果實和穀物發酵，在封存的密密囚禁中醞釀成芳香郁烈可以逼出淚涕的甘洌佳釀。

所以，Ly's M，我一字一字書寫，笨拙的線條，突然遺忘了筆畫的書寫，這新版的序如此狼狽難堪，希望是十億劫來生死裡的回響。

你的肉身歷歷在目，你的欲望和你的愛，你一時亢奮不克自制的肉體，一時悸動情不自禁的愛的纏綿，也還有機會贖完欲愛之罪，可以供在佛前，如一綹香煙繚繞嗎？

一年的疫情，常常足不出戶，徵詢了幾位人體模特兒，有舞者，有特技表演者，有體操重訓者，他們在我的畫室，通常陪襯著中世紀基督教的聖歌詠唱，讓我觀察手機一代的肉身書寫。

我做了一年的速寫，素描，整理出四、五張油畫，最後選擇兩張放在新版的《欲愛書》中。

作為遠離的青春的紀念吧，敬拜感謝疫情中受病痛與死亡的肉身，他們使我知道「十億劫來」，這剎那即逝的肉身還是如此華美，讓我熱淚盈眶……

【2010經典版序】

# 欲愛是走向疼痛的開始

《欲愛書》是一九九九至二〇〇〇年的十多封寫給Ly's M的書信。書寫時間長達一年，正好跨越二十世紀到二十一世紀。

時間像流水，在連續不斷向前流動的水波上標記「千禧年」，也許並沒有太大的意義。

但是我們在時間的大河裡隨波逐流，浮浮沉沉之際，卻的確會記得幾個岸上特定的標記——也許是一棵姿態奇異的樹，也許是一間輪廓有趣的房屋，也許是某一片特別翠綠又開了花的坡地，也許是恰好空中倒影斜過的一片流雲，也許是逆流而上某一艘船上某一個人偶然的回眸。

「千禧年」是用一千年作單位給時間的標記，比一世紀長，比一個人的生命長，因此，遇到「千禧年」，我們慶幸，狂喜，也同時又有說不出來的感傷。

不是每一個人都有機會遇到「千禧年」，所以我們慶祝，為了這難得的相遇。

《欲愛書》是我「千禧年」的狂喜，也是我「千禧年」的感傷。

這本十多封書信裝訂起來的小書，這麼私密，私密到只是寫給某一個特定的人的話語，也許對其他人沒有任何意義吧。

《欲愛書》要重新改版出版，不知道對許多在「欲愛」裡一樣喜悅過、憂傷過的讀者是不是有一點可以共鳴的部分。

「欲愛」這麼私密，我們一直少有機會知道他人是不是也有過與我們一樣的狂喜，或有過一樣的痛楚。

「欲愛」時的等待、渴望，「欲愛」時的震顫、悸動、糾纏，「欲愛」時的大笑與大哭，「欲愛」時的眷戀與憤怒，「欲愛」時像重生與瀕死一般的燃燒與撕裂的痛。

「欲愛」什麼？

是肉體嗎？

是頭顱？是一綹一綹的頭髮？

是寬坦的額骨？是眉毛？是黑白分明的眼睛？

是溫熱潮濕的鼻腔的呼吸？

是豐厚柔軟的唇？是曲線優美的頸脖？是婉轉曲折如花瓣的耳朵？

是渾圓的肩膀？是腋窩裡毛髮間如此神祕的氣味？

是飽滿喘息的胸？強硬的鎖骨？是高高凸起的如岩石板塊的肩胛？

是閉著眼睛可以用手指一一細數的，節一節的脊椎，指間熟悉每一處

《欲愛書》寫完，我才知道我要的不是赦免，而是更大的酷刑。

我緊緊擁抱一具肉體，在一千年的時間裡，知道那擁抱再緊，都將只是虛惘——

濃密的毛髮會脫落，飽滿豐潤的肌肉會萎縮消瘦，腐爛或膿水，化為泥塵；堅硬的骨骼會斷裂，風化散成空中之灰——

所有肉體的溫度都將冰冷如亙古之初——

Ly's M的足趾一點點斷裂的痛都使我驚慌心痛——

「欲愛」正是走向疼痛的開始。

害怕疼痛的，不要閱讀《欲愛書》。

二〇一〇年五月六日　八里淡水河畔

# 在 Ly's M 要離開的時候

在分開的時刻，

我才有機會深刻地感覺你存在的意義。

在Ly's M要離開的時候，我決定要以一年的時間完成一本書，這本書開始撰寫的時間是在一九九九年的一月十一日，結束的時間將會是二〇〇〇年的一月十一日。

聽說，千禧年是一千年碰到一次，一千年有多長？比我們的一年長嗎？我的「愛」「欲」是一千年一次的記憶，但我只留下這一年的信，跨在一千年的交界，一年的日升月沉，一千年的日升月沉。

## 手中的杯子

Ly's M，在你從計程車下去的一刻，我感覺到你的手從我的手中移開，感覺到一種體溫的消失。我說：「我不下車了。」

我從移動的車子裡，透過窗戶，看你走進捷運站。

我不能想像你去了哪裡，我只是記憶著我的手掌中那奇異的感覺。我動了動手指，又把手掌嘗試握起來，回憶你的手在我的手中的形狀、溫度，以及輕輕搔動的感覺。

曾經存在的，如今不存在了。

我必須依靠記憶去追溯那些存在。

好像我的手中原來握著一隻杯子，很精美的玻璃杯。我握在手中把玩、旋轉著、摩挲著，感覺杯子在手掌中的形狀、重量、質感、溫度；感覺著一個空間，一個等待被充滿的空間。

然而，剎那間杯子掉在地上，摔碎了。

那是我小時候的一次記憶。

大哥從他工作的飯店帶回一隻高腳的玻璃杯。非常優美的弧度，在口緣的部分鑲飾了一圈細細的金線。透過燈光，薄薄的玻璃反映出複雜華麗的光。

我把玩了許久。在大人們都不在家的時候，獨自一個人，玻璃杯彷彿是童話中的一隻神燈。

然後玻璃杯失手，掉到地上，摔碎了。

期待的空間是會破碎的，像我們的宇宙。

Ly's M，你可以想像嗎？一個孩子的絕望和沮喪。

我怎麼會把這麼美麗的杯子，這麼完美的空間摔碎了。

我看著腳下一地的玻璃碎片，完全不能相信這是已經發生的事實。

怎麼可能，我這麼愛戀、珍惜的東西，怎麼會失手掉落了。

我在驚慌、悔恨，完全無助的恐懼裡，低下頭，試著撿起那些碎裂的玻璃片，有些還辨認得出形狀和部位，口緣細細的金線和弧度，使我還意圖依照記憶中的形狀，把這些碎片重新拼接起來。

我拼著拼著，那些碎片，好像找到了它們原來的位置，但是，再也黏合不起來了。我嘗試把兩片玻璃斷裂的裂口靠在一起，好像希望它們記憶起曾經在一起的樣子；甚至加重一點力量，好像希望它們願意重新黏合。

但是，碎片是再也連接不起來了。

Ly's M，你可以想像一個孩子無助的哭泣嗎？

他終於知道碎裂的杯子是無法再連結起來的，如同他開始知道生命中將有許多碎裂之後無法再彌補縫合的遺憾。

我的手中，曾經擁有過杯子，杯子碎裂之後，我的手，記憶著杯子的形狀；如今，我的手，記憶著你的手的形狀、重量、溫度、動作。

我失去了你嗎？像我曾經失去的杯子。

在你離去的時刻，我想藉記憶的碎片重新把你拼接起來。

我不會再是那個面對著碎裂杯子無助哭泣的孩子。我開始相信，每一個記憶的碎片都如此完美。它們分裂開來了，像是同一束稻穗上每一粒被分離開的種子，要單獨成為完美的生命。它們各自獨立，彷彿一串項鍊上每一個小小的環結，它們是各自完美的；彷彿項鍊上的珍珠，每一粒都各自是圓滿的。

Ly's M，我要從你的離去中領悟圓滿。從你的手從我的手中消失開始，認真記憶曾經真實存在的滿足和快樂；從你在捷運站消失的一刻，我的視覺，有了新的想念和等待。如同我的雙手，在冬天的寒冷裡，記憶著曾經擁抱過你的軀體的飽滿與富足。

我的視覺裡有你具體的形貌，我的聽覺裡存留著你全部的聲音，我的嗅覺中有你揮之不去的氣味。我仍然記憶著你全部身體和精神的質感，那如細沙在海的浪濤中緩緩流動的寧靜與穩定的力量，Ly's M，你的心跳、呼吸，你脈搏輕輕的顫動，都不曾消失。它們只是以另一種方式，另一種存在的形式，重現在我生命的每一個角落。

存在只是不斷在改變存在的形式，卻從來不曾真正消失。

Ly's M，你的存在，我的存在，都一直在改變中；我在最眷戀你的身體的時刻，同時也清楚地知道，這身體，如同童年時在我手中失落跌碎的杯子，這個身體，也是脆弱而且將要改變的。

一個人的身體，可能會發胖，變瘦，可能因為病變而扭曲，可能在時間中慢慢衰老。光滑有彈性的皮膚將出現皺紋；飽滿寬闊的胸膛，可能下垂塌陷；挺直強健的腰背，可能彎曲佝僂；輕快敏捷的步伐，可能變成老態龍鍾的艱難的移動；溫暖的體溫逐漸變冷僵硬；甚至，原來熱情充滿好奇夢想的心，可能逐漸在一而再的原地踏步中變成疲憊、重複，保守而且沮喪；甚至，原來靈活充滿新奇想法的思維，也可能老化成為呆滯迂腐。

Ly's M，我將在你身體巨大的碎裂與改變中認真了解我眷戀你，熱愛你的原因。

我們是在永恆的毀滅中，以及無時無刻不在進行毀滅的時間中相遇與相愛。

我在那些玻璃的碎片中凝視你的完美，凝視你不斷改變的形狀。

我要在碎裂的破片和我自己淚水的模糊中，努力看清楚你存在的本質。

我要通過巨大的毀滅，看到一切你可能改變的形貌，認真找到我仍然可以辨認你的方法。

你變胖了嗎?你變瘦了嗎?

你沮喪或絕望了嗎?

你行動艱難了嗎?你失去好奇與夢想了嗎?

Ly's M,在分開的時刻,我才有機會深刻地感覺你存在的意義。在你物理存在的形貌破碎而且消失之後,我才有可能在那破碎與消失的背後,重新建立起愛你的真正意義。

「我愛你。」

我對著你消失的捷運站入口這樣在心底輕輕呼喚。我想,在人來人往的車站入口,在擁擠而且雜亂的人群中,我如何能重新找到你;在時間一點不肯停留的毀滅中,我如何可以在未來見面的時刻仍然一眼認得出你來。

我們在挑戰毀滅。

還有這麼多碎片可以一一拼圖,我們並不是一無所有。

在分開的時間裡，你將經歷的改變，和我將經歷的改變，都無法預知。所以，我們什麼都無法預言和承諾。

如果我呆滯而且迂腐了；如果我在庸俗化的功利社會裡變得冷漠而且無情了；如果，我不再懷抱著對生命熱切的好奇和夢想；如果，我變得自大而且自私，停留在原地，不再閱讀與吸收新的知識，不再學習如何更積極地熱愛或以行動關心我所存在的世界……

Ly's M，我不要我們的愛成為墮落和停滯的藉口。

因此，我承諾給你的愛，是在分離的時刻，藉著對你的一切記憶，建立起自己對完美、健康、開朗、善良與智慧更大的信仰。

在我們的身體變成許多破裂的碎片之後，Ly's M，我們要在幾乎無法辨認的碎片中重新尋找對方，也尋找自己。

一九九九年一月十一日　八里

# 你一定無法想像——

在分離的時刻，思念你，憂愁如此，也喜悅如此。

Ly's M，你一定無法想像，我坐在多麼明亮燦爛的風景面前，想念你，並且把這樣美麗的風景細細地向你描述。

我的面前是一條河流。這條河流由南而北，貫穿整個城市。它流經的區域，曾經因為船隻的聚集，商販運送囤積貨物，逐漸形成幾個繁榮的河港市鎮。

最初居民的語言把運送貨物的船隻叫「艋舺」，「艋舺」就成為最早港口的名稱。

但是，日子久了，也由於河流的淤積，使大的船舶無法通行停靠，更由於陸地交通的發達，終於使這些依賴河流興起的市鎮又一一日漸沒落，河流的航行，最終，也長久廢棄。

河流在最近半世紀已失去了運輸功能，被遺忘在商業冷落蕭條的地區，加上河流淤積後造成水患氾濫，人們便用高高的水泥堤防圍堵，因此，除非在比較高的地區，或爬到堤防頂端，否則是不容易看到河流的。

但是，很少人知道，這條河仍然是美麗的。

在流經四面環山的盆地都市之後，河流在北端的兩座山脈之間找到了一個出口。兩座山都龐大高聳，東邊的一座雄壯厚實，西邊的一座比較尖峭秀麗。河流蜿蜒流轉，流經一些淺緩的沙洲，來到兩山之間，忽然有了浩蕩的氣勢，決定要進入大海了。

Ly's M，你可以想像河流要進入海洋時的踴躍興奮嗎？

好像年少時憧憬著未來壯闊生活的喜悅歡欣，我坐在河邊，眺望大河水波洶湧浩蕩，好像在眺望展開在你面前未來生活無限的憧憬。

你憧憬過生活嗎？

從幼小的時刻，揹著書包走去學校，坐在課桌前，聽著教師口中的話，憧憬著各式各樣新奇的知識。

或者在中學時代，因為生理的發育變化，有了對肉體存在的莫名喜悅與憂傷。在操場上奔跑跳躍的身體，在陡斜的坡道上以全力將腳踏車衝刺上去的身體，在球場上挑戰各種動作高難度的身體，感覺到骨骼在運動中承擔的重量，感覺到肌肉收放的極限，感覺到內在的器官在劇烈搧動循環，心跳與血流的速度急促而且節奏鮮明；這個身體，好像在山巒間剛剛發源的急湍，在亂石間奔竄推擠，好像是過度旺盛的精力無法拘束，要迫不及待地奔向前方，去看一看前面更壯闊的風景。

你這樣憧憬過未來嗎？

感覺到在大量的運動中逐漸開闊的肩膊與胸膛，感覺到肺葉有了容納更巨大呼吸的容量與空間，感覺到身體中每一個細胞在新陳代謝中更換的力量，感覺到舊的死滅，與新的誕生，生命為著所有新生的部分雀躍歡呼。

Ly's M，即使在我將逐漸衰老的時刻，仍然無限喜悅地看著你在憧憬未來生活的燦爛光亮。

我要和你說的河流，是在經過了兩山夾峙的隘口之後的河流；一般人稱呼的「出海口」的位置。在比較高的附近山丘上，可以看到長長的河流，到了這裡，忽然有一個喇叭狀的開口，好像河流張開了雙臂，迎接浩大的海洋。

不知道河流，一條長長的河流，到了出海口，會不會忽然想念起它的上游，那在遠遠的山巒間踴躍歡欣的樣子，那像老年時仍然有少年憧憬著未來的壯闊時的自信樂觀。

然而，在這裡，河流是特別安靜的。

在你離去的時刻，Ly's M，河流對我有了不同的意義。

我一整天坐在河邊，計算潮汐上漲和退去的時間。漲潮的時候，藍色的海水一波一波湧入，有一種不容易察覺的「吵」「吵」的聲音，非常安靜，卻又非常持續而且確定。藍色的海水和比較含黃濁泥沙的河水，一縷一縷，交互纏繞迴盪。

我以前沒有這樣看過海河交界的潮汐，它們的交纏波動，像一種呼吸，像一種愛戀，像渴望對方的身體，渴望抵抗，又渴望被征服。

潮汐竟是海洋與河流亙古以來不曾停止的愛戀嗎？

在滿潮的時分，水波一直漫到我的腳下，鼓動洶湧的浪濤發出「啵」「啵」的聲音。

我想引領許多戀愛中的人來看這漲滿時的潮汐，使他們看到巨大的滿足中盈滿淚水的喜悅，而那喜悅裡也飽含著不可思議的憂傷啊！

原來憂愁與喜悅是不可分的。

Lys'M，在分離的時刻，思念你，憂愁如此，也喜悅如此。

在潮水漲滿之後，「啵」「啵」的聲音開始消退了，那不易察覺的「吵」「吵」的聲音再次起來；是潮水在河灘沙隙逐漸退去了。潮水的上漲或退去，只是一種現象的兩面，也許並沒有憂愁，也沒有喜悅。

我似乎希望自己以這樣的方式看待生命，只是還不時有情緒的干擾與騷動罷。

在退潮的時候，才發現天空原來密聚的雲層已經散開，在雲隙間露出了明亮的藍色晴空。在寒冷的冬季，這樣的陽光使人溫暖，而且，河岸對面的山頭，也因為陽光的照耀，從灰墨色轉成蒼翠的綠色，山頭上樹叢的明暗層次也越發清晰了。

季節和歲月使山河有了不同的容顏，使許多原來沉重的心變得輕快開朗起來。

我應該告訴你雲隙間陽光的美麗。或許你在遙遠的地方，也可以這樣凝視一座我看不見的山頭，看到山頭上藍色的天空，看到山頭上樹叢在風中輕輕搖曳，看到雲移動時在山巒上映照著的影子，看到山腳下一些整齊安靜的房舍，看到人行走在山路上。

Ly's M，因為對你的愛，使我可以這樣在季節和歲月裡觀看山河、星辰、天空與大地，觀看一些遠遠比憂愁與喜悅更廣大的事物。

潮水退去之後，河邊露出了非常寬廣的河灘。在濕潤的泥土裡有一些招潮蟹在蠕動攀爬。牠們是很卑微的生物，密密麻麻，可以想見牠們有很強的繁殖的能力，形成牠們生存的方式。因此，我不禁反問自己：為什麼要用「卑微」來形容牠們？

有任何一種生存是應該用「卑微」來形容的嗎？有任何一種我們不了解的艱難的存在是應該被視為「卑微」的嗎？

有白鷺鷥飛來，輕輕搧動翅膀，停棲在河灘上。白鷺鷥姿態輕盈，牠雪白的羽毛在髒汙的河灘上也更顯潔淨明亮。白鷺鷥優美地行走著，有時停下來，用長長的喙叼啄四面奔逃的招潮蟹。

也許要在河邊坐久一點，才能發現，招潮蟹的「卑微」和白鷺鷥的「優美」，只是兩種不同的生存方式罷。

許多在詩文或圖畫中歌詠白鷺鷥的藝術家，也許無法完全了解，白鷺鷥不是為了風景的美麗而來，而是為了覓食退潮後四竄奔逃的招潮蟹而來的。

是不是因為你的離去，Ly's M，我竟看見了美麗的山河後面隱藏著殘酷的殺機？

有小船駛來，馬達聲劃破寂靜，我直覺這船是為捕魚而來，但也即刻對自己如此惡意的推理厭煩了。

河流似乎在漫漫長途的修行中，學習和自己對話，學習和兩岸的風景對話，學習在出海的時刻，能夠接納海洋的澎湃浩瀚。

我也只是在學習的中途。

在一個冬日變晴的下午，可以因為你的離去，靜坐在河邊觀看潮汐的漲退，觀看自己的喜悅，也觀看自己的憂愁。

# 我們的愛沒有血緣

也許，沒有一種愛，能替代孤獨的意義。

凌晨大約五時，飛機開始降落。我拉開窗，外面墨黑一片。忽然想起登機前故鄉華美燦爛的夕陽，那沐浴在南方近赤道的海洋中的島嶼，那裡即使在冬季都溫暖如春的氣候，繁茂蔥翠的植物，以及你——Ly's M，你年輕健康的身體，美麗如山，也美麗如水。

我帶著對你的深深的思念到這北國寒冷的大陸。

來到這樣遙遠的地方，好像是要知道多麼思念你，又多麼需要孤獨。

「這會是矛盾的嗎？」有一次你這樣問。

是罷，也許，沒有一種愛，能替代孤獨的意義。

我揹著行囊，走過清晨空無一人的機場。這個機場是重要的轉運站，許多來往於世界的旅客和貨物在這裡集中，再轉送到其他城市。

機場的建築是鋼鐵支撐的結構，呈現著現代科技與工業的嚴謹精確；一些冷白的燈具使巨大而空無的空間看起來越發荒涼。

許多輸送的鋼質履帶，一旦有人靠近，電腦控制的感應器打開，你就可以站在履帶上，感覺到一種緩緩運送的力量，感覺到科學和工業的偉大，也感覺到在精密的科技設計中悵然若失的空虛之感。

「也許是因為清晨罷——」

我這樣安慰自己。偌大的機場，除了少數從遠處轉機來的乘客，幾乎整個機場是空的。一些賣鑽石珠寶、菸酒或乳酪、魚子醬的販店也都還沒有開始營業。

我好像站在緩慢移動的履帶上瀏覽一幕原來繁華熱鬧卻已經結束了的戲，繁華變成一種荒涼。

「有人嗎！」

我好想對著那些華麗滿是裝飾的櫥窗叫喚，看能不能從荒涼的界域叫出一些人的溫度。

Ly's M，好像那天看到你穿著刻板拘謹的衣服，像一個習於規律的公務員坐著，我覺得同樣的荒涼，有一種衝動想剝除去那些外衣，看一看裡面是否還存在著我曾經深愛過的有體溫的肉體，有思維與有情感的肉體。

任何一種文明，任何一種繁榮，若是失去了人的溫度，只是另一種形式的荒涼的廢墟罷。

是那麼具體的人的溫度，使我確定可以熱愛自己，熱愛生命，可以行走於艱難孤獨的途中，不會沮喪，不會疲憊，不會中止對未來的夢想與希望。

機場建築鋼鐵的結構裡嵌合著大片大片的玻璃。玻璃的透明和微微的反光，使巨大的空間充滿著各式各樣真實與虛假的幻影。

停機坪上停著無數仍在沉睡中的飛機。

不知道它們是否也作著將要起飛的夢？

承載著因為不同目的而來，又到不同地方去的旅客。

我要去的地方，似乎並不是一個目的，而更像是一個藉口。

我真正的目的只是一種無目的的流浪罷。

Ly's M，當你一步一步進入世俗的紀律與倫理的同時，我或許正和你相反，我正渴望鬆解開一切紀律與倫理的繩纜，我將告別碼頭、港灣，我將告別岸上和陸地上的牽繫，獨自去向那遼闊不可知的領域。

我想真正知道孤獨的意義。

我想知道，一艘船，沒有了碼頭與港灣，沒有了繩纜，是否仍具有一艘船的意義。

一艘船必須首先知道它是純粹獨立的個體，它並不屬於碼頭，也不屬於港灣，它也同樣不屬於海洋；但是，當它認識到了自主與獨立，它才可能選擇碼頭，選擇港灣，或選擇海洋。

因為時差的關係，我確定了自己所在位置的時間，然後推算出故鄉的時間。我推算這個時間你在哪裡，做著什麼事，在聆聽著一門新的功課，或正學習著搏擊的技術。Ly's M，其實是因為孤獨，我才珍惜了思念與牽掛的意義。

我揚帆出發的時候，知道遠處陸地上有我眷愛關心的生命。我的父親、母親，我的兄弟、姊妹，許多血緣更遠的親族，或甚至我親愛的伴侶與其實十分陌生的一兩面之緣的朋友。

但是，血緣彷彿一種大樹的分枝，如同我們在某次旅行中看到的大榕樹，不斷延伸出氣根，氣根接觸到地面，吸收了水分，又長成新的樹幹，仍然用同樣的方法向外擴張。記得嗎？Ly's M，在你從那廟宇中祭拜出來的時候，你張望著蔓延如巨大的傘蓋般的大樹，發出了讚嘆。

Ly's M，或許你渴望著成為大樹的一個分枝罷，成為那緊密的家族血緣倫理中不可缺少的一員。

然而，我也許是那從大樹飛揚出去的一粒種子。

我確定知道自己在土地上有血緣的牽繫；但是，我是一粒新的種子，我要藉著風高高地飛起，要孤獨地去尋找自己落土生根的地方。我最終或許是屬於土地的，但我要先經歷流浪。

你可以了解一粒種子尋找新的故鄉的意義嗎？

因此，看起來是背叛了家族，血緣，倫理，當我孤獨離去的時刻，我知道自己的背叛其實是為了榮耀新的血緣。

我曾經凝視父親，像凝視一名陌生的男子，我也同樣凝視母親，如同凝視一名陌生的女子；是的，Ly's M，在他們成為我血緣上的父親和母親之前，他們首先是一名男子和一名女子。

我要在告別血緣的家族之前，用這樣的方式重新思維家族的成員，我的父親、母親，我的兄弟、姊妹，以及那些血緣更遠的親族。

長久以來，人類嘗試用血緣建立起的嚴密的倫理，一種抽象的道德，「我們愛父親」，「我們愛母親」，「父母愛子女」，這些出發於血緣的倫理，轉換成社會道德，也轉換成法律，在許多社會，「不孝」是可以被法律具體的條文嚴厲懲罰的。

我們還沒有能力從血緣以外尋找另一種人類新道德的動機嗎？

我不知道，Ly's M，在我從心底輕輕向你告別的時刻，我看著冬日雨水灑落在綠色的植栽上，綠色的葉子彷彿十分歡欣地震動著，迎接雨水的灑落。我在想：關於雨水和樹葉的血緣，關於海洋和河流的血緣，關於天上的雲轉換成雨水的血緣，關於陽光和土壤，腐爛後的枯葉和苔蘚，關於傷口和痊癒，關於爭吵與原諒，關於遺忘與記憶——

Ly's M，我們的愛是沒有血緣的。

我覺得，你是我遺忘了好幾世紀的子嗣，在各自漂流的途中，因為一些身體的溫度，彼此又重新記憶起了對方；我覺得，我曾經多麼長久虧欠對你的關心與照顧，在流轉於巨大的輪迴的孤獨中，憑藉著你憂愁的容顏，記憶起了我的允諾和責任。我覺得，多少次身體化為灰，化為塵土，在無明闃暗的世界無目的地飄飛，卻終於知道，自己在那麼微小的存在裡，仍然如一粒種子，藏著一個可以重新復活的核心，在你來到的時刻，準備萌芽，準備在一個春天開出漫天的花朵。

在那個季節，我許諾給你愛與祝福，而不是血緣。

真正的愛應當是一種成全。

我決定在道德與法律之外愛你，那是人類長久的歷史不曾經驗過的，

我的愛，Ly's M，將獨自流傳成新的血緣。

一九九九年一月廿四日　Amsterdam

# 關於中世紀

我用古老的書寫，

努力使我對你的愛有更多具體的細節。

今天去了一家 Internet Café。在叫做瑪黑區的東邊，一間十九世紀末鑄鐵的老建築裡，一樓是咖啡店，閒置著一些桌椅，牆上陳列著一個年輕畫家的作品，以油料和沙土混合，畫面看起來像一種曠野和廢墟，使我想起德國的 Kiefer，只是氣魄小了一些。

一樓的大廳設置了銀幕、投影機，有歌手和詩人演唱或朗誦詩作。在喝咖啡的客人彼此交談喧譁的聲音中，陸續聽到詩人和歌者片段不易辨認的一些單字：憂愁、青春、美麗或愛……

一些人類在幾千年的詩句中重複著，卻似乎仍然沒有真正完全了解的單字。

Ly's M，我覺得距離你如此遙遠，彷彿我曾經具體觸摸擁抱過的身體，都轉換成抽象的思維；我們可以長久這樣抽象地去愛戀或思念一個人嗎？

我在充滿了現代感的 Internet Café 裡用古老的書寫的方式給你寫信，

年輕和我同去的Ｔ已經跑上三樓，在網路上查詢他的電子郵件了。

也許，不是書寫內容改變了，而是書寫的形式改變。

我用古老的方式書寫下的愛或憂愁，裝在信封裡，貼上郵票，經過好幾天的遞送，最後交到你手中，和你打開電腦，在很短的時間和世界各個角落的愛或憂愁的溝通，會有很大的不同嗎？

人類依然寂寞著，憂愁著，渴望愛與被愛，從那古老的在樹皮、動物的甲骨上書寫的年代，一直到今天，可以快速地在網路上交換寂寞與愛的訊息。內容或許並無改變。

Ly's M，在你長時間耽讀著網路上的訊息，傳送著你欲望的寂寞，你也迅速接收到來自雅典的、洛杉磯的、世界各地的寂寞，是否，你可以藉此更充實了愛與被愛的渴望？

我無時無刻不渴望著聽到你的聲音，看到你的容貌，感覺到你的存在，擁抱你與依靠你。渴望我的聲音和書寫可以更快速地使你知道；在這個科技的城市，愈來愈多設置了網路傳輸系統的咖啡或商店，滿足人們「渴望」的速度。

但是，我不確定，我的「渴望」，是否應該尋找更緩慢的傳送方式。如同我古老的書寫與圖畫，可以在渴望你的同時有更多思維，更多眷戀的細節，可以藉由這些書寫與圖像，使可能變得抽象的概念重新有了具體的內容。

Ly's M，我用古老的書寫，努力使我對你的愛有更多具體的細節。在電子的訊號裡，愛將如何被詮釋？寂寞將如何被安慰，渴望將如何被傳遞？

Ly's M，電腦的螢幕視像裡我找不到我曾經經驗過的你的頸部到肩膊到背肌微微起伏，一直到精細變化的腰際那一根不可取代的美麗的線條。

也許，快速的資訊，減低了愛與渴望的重量，減少了眷戀與思念豐富的細節與質感。

Ly's M，我在浩瀚的時間與空間裡渴望你，如同數億世紀以來星空的對話，我對你的愛遙不可及，渴望也遙不可及，我珍惜這樣的愛戀與憂愁，彷彿定位成星宿，便要以星際的距離來計算歲月了。

你有次笑著說：洛杉磯的那位警察網友傳輸來了自瀆的畫面。

也許，那不是好笑的畫面罷，為什麼，我感覺著欲望如此被輕視糟蹋的深深的悲哀。

我們可以使欲望有更貴重的內涵嗎？

Ly's M，在你學習著執行法律，相信法律在一個社會裡公正或公平的力量時，你會如何去看待自己的欲望？看待自己在欲望中的寂寞，寂寞時可能如何用最卑微快速的方式解決欲望？甚至常常混淆著愛與欲望的界限，使欲望混亂著可以更恆久的愛與思念，使欲望變成急速氾濫的訊號，透過最快速的傳輸管道，使城市與城市之間，使國家與國家之間，使孤獨的個體與個體之間，似乎只剩下在各自不能解決的寂寞中氾濫而不可遏止的巨大的欲望的喘息。

那些訊號，即使可笑，仍然是寂寞與渴望被愛的蒼涼的訊號。

在T看完他的電子郵件之後，我說：「我們去中世紀博物館罷。」

這個遊客不多的博物館，有一些僻靜的角落，陳列著十二或十三世紀某一個工匠花費數年的時間製作的一塊織毯，一件金屬鑲嵌寶石的精細華麗的盒子，或一件用象牙雕刻出來的有關宗教殉難的故事。

正巧有來上課的小學生。十幾名學生，由一名老師帶著，席地而坐。老師是二十幾歲的年輕人，蓬鬆的長髮，牛仔褲，蓄了鬍髭，戴著一隻銀耳環，很有耐心地和學生們講解有關中世紀貴族世家的織繡家族徽章，說明這些徽章的重要性。

學生們有些很認真地抄筆記，有些彼此嬉鬧著。一名長髮的女生發現老師牛仔褲前襠拉鍊沒有拉好，吃吃笑著，指點給其他學生看。

在這個安靜的博物館，Ly's M，我想念你，如同人類漫長的手工業時代，用他們的手製作出精美的器物工具，用他們的手紡織出美麗的花紋，用他們的手，在木塊上雕鏤出細密的圖案，用他們的手，把金屬敲打出精確的造形，用他們的手琢磨出燦爛華麗的寶石。Ly's M，我用手工的書寫思念你。把思念和愛編織成最繁複的花紋，在悠長緩慢的歲月裡，很安靜地去完成一件作品，對自己的一生有重要的意義，如同那些原來被粗糙的璞石包裹的晶瑩的玉，經過天長地久的琢磨，才一點一點透露出了它們內在潛藏的光輝；我如此珍惜對你的思念，如同珍惜一片金屬，我必定要有更多的愛，才能在上面鏤刻出更精細繁密、更無瑕疵的故事。

中世紀，也許並不是人類歷史上的一個階段，中世紀是人類對自己的手有著深刻信仰的不朽經驗。工業革命之後，我們自大驕傲地鄙棄了手工，視手的工作為一種落後，那麼，隨著手工而去的也就是生命信仰的價值了罷。

在這快速科技的年代，我願意在一個安靜的角落以手工書寫的方式記錄、編織、鏤刻，鑲嵌出我全部的愛與思念，我把這樣的思念當成一種信仰，用來完成我自己的生命價值。

Ly's M，這是一個比故鄉更先進的工業與科技的城市，但是，我仍然找到了這樣安靜的角落，藉著窗隙透出的陽光，在我的筆記上書寫我對你的愛。那些窗扇，用彩色的玻璃切割，以鉛條固定，再用手工細細地染繪。在透過光的照射之後，彩色的玫瑰璀璨如珠寶；但是，在那些炫麗的彩色背後，我仍然可以一一閱讀出中世紀人類共同信仰的故事，那些一再被重複的關於生命的故事：預告與誕生，朝拜與歌頌，屠殺與災難，逃亡與祈福，受洗與修道，逮捕與鞭笞，受難與死亡，埋葬與復活……

Ly's M，年輕的T，拿出了素描本，對著一尊十二世紀的受難木雕像細細描繪了起來。那樣平靜的肉體，微凸的胸肋，微微凸起的小腹，細瘦而有力的手臂，安詳而又有點悲憫的頭，垂掛在胸前。非常潔淨的人體，沒有欲望的誇張，沒有情緒的誇張，卻是以最靜定的方式透視著生命的現象，Ly's M，我盼望以這樣的方式愛你與思念你。

一九九九年一月三十日　Paris

# 從遙遠的地方來

在你愛一切人和事物之前，應當首先熱愛自己；

使自己飽滿而且完全。

C來了，從很遙遠的地方來，我們和T會合，彼此擁抱，非常快樂，一旁走過的行人也頻頻回頭，微笑欣賞或祝福。

友誼是使人愉快的，Ly's M，為什麼我總覺得你缺少友誼，缺少在血緣的親情與愛欲的伴侶之外另一種看來比較平淡寧靜，但也往往更長久穩定的情感。

C的展覽剛剛結束，認真地工作了一陣子，覺得可以放鬆一下，也知道我在這裡，便飛來相聚了。

T正準備國外深造讀書的申請，利用這個空檔，準備在這裡看美術館，沿途做一些寫生。

我也許是為了孤獨而來，為了在一個遙遠的地方思念你。Ly's M，但是，我們在這裡相聚了，有一點偶然，因此也格外興奮。

T揹著很重的行囊，一種重裝備，可以行走在長途上不虞匱乏的樣子。使我想到自己年輕的時候，也是揹著這樣像戰士一樣的帆布背包，一走就是一兩個月。

緊緊擁抱之後，我發現他的身體微微發熱，有些擔心。

「感冒了。」他說。

也許的確是因為年輕罷，連旅途中的生病似乎也可以一笑置之。

我為他要了熱水，讓他舒服地靠在枕上，讓他喝含維他命C的果汁。

這便是友誼的幸福嗎？

T極滿足地微笑著。

他其實經歷了一個比較奇異的旅程。第一次獨自遠離家人，第一次獨自到一個完全陌生的地方。他有著這個年齡一定有的好奇，想要試探一切未知的事物。白天他戴著氈帽，圍著毛圍巾，裹著厚大衣，坐在寒風呼呼的河邊做一些建築寫生；他素描的筆觸細膩溫柔，有一種深情的專注與耐性。

「那一張是畫飛機上看到的夜晚的印度。」他把素描本翻到那一頁。

用原子筆畫的一張素描，剛看看不出什麼。只是一片墨黑，很細密而且重疊交錯的線，層層交織。原子筆滲出的油墨和紙張摩擦，產生像絨布一樣沉厚的效果。慢慢看，發現在一片墨黑裡透露著星星般的光點，可以感覺到在很遙遠的距離裡看到的燈光的閃爍。

「是燈光嗎？」我說。

「是。」T回憶著說：「經過印度的上空，在一大片黑暗裡，一些碎碎的燈光，不特別明亮，甚至是安靜的燈光。」

T微微發熱的年輕的臉龐上有著柔和的表情，額上滲著汗珠，在昏黃的室內的檯燈映照下，細細的汗珠也像黑夜從高空看到的古老土地上的村落燈光，像一種訊息，也像一種信仰。

Ly's M，我如此分享了T在黑夜高空上那一時的喜悅，也分擔了那一時他的孤獨與憂鬱罷。

我的視覺游移在素描本上那一頁墨黑的筆觸間，好像每一個最細小的筆觸裡流露的心事我都可以懂，都可以閱讀和分享。

那是一種飽滿的幸福的感覺，在我遠離你的時刻，Ly's M，我也深深記憶著和你依靠著，聽你閱讀、聽你把生活中的事娓娓道來的幸福。

T在夜晚時獨自去了許多小酒館，一些可以喝酒，跳舞，可以和陌生人攀談相識的地方。

我們對那樣的地方都不陌生。

在一個浩大的城市裡，使寂寞和孤獨的人覺得可以尋找到愛或友誼的地方。

我們習慣把愛與欲望分開。我們或許習慣於貶低或排斥欲望。但是，在T走去那些酒吧的同時，我在想：對愛和友誼的強烈渴望，會不會也是一種欲望？

欲望成為在陌生的城市認識陌生人的重要動機，這樣的欲望，是否一定與愛與友誼對立或不相並存呢？

Ly's M，昨天T回來得很晚，我已在想念你的溫暖中熟睡了。

也有一些惦記和擔心在寒冷的異國的夜晚T的遭遇。

第二天清晨，大約八時，我推開窗，聽S河潺潺緩緩流去的聲音。向右邊眺望，古老的教堂鐘樓上有特別明亮輝煌的晨曦。我深深呼吸了一次這冬日清晨寒冷但是卻令人頭腦清晰的空氣，覺得是美麗一天的開始。

窗下是一個三角形的小公園，冬天的樹脫落了葉子，剩下光禿禿的枝椏，樹下徘徊著人和狗，以及偶然被狗驚嚇了突然飛起來的鴿子。

T來敲門的時候，我正準備下樓去吃早餐。

T有些倦容，我摸他的額頭，仍有未退的熱度。

「看過醫生了。」他說。

昨夜在我睡眠中，他在酒吧喝酒，跳舞至午夜，突然發了高燒，鼻塞並且不斷打噴嚏，一個新認識的廚師朋友帶他回家，凌晨一點，叫了醫生出診，打了針，服藥，在全身高熱中睡去。

「覺得全身發燙，汗涔涔流出，覺得一個陌生的身體緊緊擁抱著，覺得完全陌生，又這樣親近。」他回憶著說。

Ly's M，我轉述T告訴我的上面的敘述。我握著他的手，沒有說什麼。也許在一個異國寒冷冬日的夜晚，在重病的發燒虛弱中，那個陌生而可以依靠信任的身體是多麼值得珍惜啊！

然而，大部分有關城市中人與人的愛與友誼被傳述得比較邪惡，使尋找愛與友誼的故事大多惡化成低俗欲望的氾濫。可能T是少數幸運的罷。只是，他的幸運，或許並不是因為他遇見了一名善良的廚師，而是因為在他年輕渴望愛與友誼的心裡仍然單純光明，沒有防備，沒有恐懼和對人的惡念罷。

我快樂地擁抱了他，並且督促他喝了一大缸熱水，然後提醒他我們和C的約會。

我要如何向你敘述有關C的故事呢？

我們一直去到城市西端的區域。這個區域，從八〇年代開始興建的新社區計畫將一直延續到下一個世紀。

C是獨立有個性的女子，她也許是少數島嶼上沒有受到保守的家庭與婚姻束縛的女性。她快樂地追求自己生命的形式，在專業上非常認真，有同情心，正義感，也熱烈於自己誠實的愛情生活。

對一個從事設計專業的她而言，這個富有歷史傳統的古老城市，對未來嶄新世紀的新建築卻如此具備前瞻性，也許是使她深深震動的罷。

我們從遼闊的平台一路前行，遠遠眺望到巨大的拱門，彷彿新世紀的標幟，彷彿宣告著人類攀登的另一個全新的里程碑。

現代科技的精密準確，混合著人類最本能的幻想，使一個城市，同時保有歷史，又同時充滿年輕創造的力量。

Ly's M，我遠遠看著C和T的身影，看到他們在城市締造的偉大文明中行走，看到他們自信而且充滿樂觀的精神，感覺到和這樣的朋友一同走進下一個世紀的幸福。

想起C曾經愛戀過的幾個男子，都在C的相處中獲得生命的激勵。肉體上或精神上的滿足，其實是一種相互的學習；她的身體和生命，對自己是有意義的，也才可能對他人是有意義的。她不憤懣、怨恨，她不陷溺在最無用的自憐自哀之中，即使在與愛人分手的時刻，她都有明快豁達的祝福與包容。

有一天她忽然問起我，關於愛戀另一個女性的可能。

我笑了。

在這個以新建築的社區走向下一個世紀的城市，也許建築的真正基礎，其實不是材料，不是力學結構，不是造形的多變，Ly's M，你想過嗎？一個偉大的城市的開始，是一種觀念，也是一種道德。

在保守迂腐的村落裡，道德被曲解為對他人的指責，對他人隱私下流的窺探與竊竊私語。

因為，只有無法活出自己生命形式的人，會花費許多時間關心他人的隱私，比關心自己的生活更多。

那是多麼悲慘的生命形式，一生沒有真正活出自己，為父親活著、為母親活著、為丈夫或妻子活著，到更老一點的時候，為工作活著、為子女活著，在一切「道德」的藉口裡，唯獨失去了真實為自己活著的勇氣與誠實。

Ly's M，我看到C走在巨大嶄新的建築中，她也使我感覺到巨大，一種可以承擔新道德的巨大。是的，一個新城市的建造，不是靠磚石木材，不是靠科技，其實更是一種道德與信仰的力量。

我們應當如何去宣告新道德的來臨？

Ly's M，我想念你，想念你在可以學習一切新事物的年齡，學習愛、學習寬容、學習如何建立真實的生命價值。在你愛一切人和事物之前，應當首先熱愛自己；使自己飽滿而且完全。如果你對自己的愛委屈，你也將用同樣的方法委屈別人。千萬不要把委屈自己或憐憫他人當成是愛，那不是健全的愛，那甚至不是愛，那是曲解了道德真正意義時對生命病態的傷害耽溺。

C和T，有時走在一起，有時交談，彼此依靠著，一同抬頭仰望巨人的建築。我有時參加他們，有時獨自走開，在未來的城市裡，我們是彼此眷戀的生命，我們又各自獨立。

未來的世紀將宣告一種倫理，使每一個彼此依靠、愛戀，共同生活的生命，同時又完全是獨立的個體。

每一個個體是獨立而且自由的，他們充分了解獨立與自由的重要，他們才有可能在這樣的基礎上健全地愛其他的人，才可能在這樣健全的愛中樹立新世紀的道德。

Ly's M，這個城市，你一定記得，是對人類歷史發生啟蒙的地方，他們首先揭示了獨立與自由的訊息，傳布到世界，二百多年後，我仍在這裡沉思獨立與自由的真義。

我迫不及待地要告訴你新建築的巨大玻璃帷幕上映照著的冬日的陽光，藍色的天空和雲的移動。

這個在為下一個世紀做許多準備的城市，曾經有過一次震驚人類歷史的革命。在極度苦悶壓抑的政治中，許多優秀的心靈，和他們的人民一起思考有關自由、平等與博愛的意義。他們以極誠實的態度沉思自然中生命存在的狀態，關於鳥的飛翔、關於樹的生長、關於流水在草叢間的流動，關於每一個春天花朵的綻放；他們以這樣的基礎祝福生命。而如果「人」是這些生命中更完備的存在，那麼，為何在人的生命中反而處處產生著壓抑與恐懼，產生著人踐踏人的事實，產生著牢獄與酷刑，產生著各種行為的禁忌與思想的箝制，產生著財富的掠奪與剝削，產生著生活靡爛奢侈的貴族和一貧如洗、陷於飢餓中的百姓。他們在愚昧、迷信、教條的生活中思考著理性的啟蒙，思考著如何建立法律的平等，如何使個人免於飢餓和免於恐懼。Ly's M，在走過這個城市向下一個世紀眺望的新建築群中，感覺到那些曾經為這個城市思考過的偉大心靈，仍然存在城市的各個角落，以哲學、詩歌，以戲劇和繪畫，以音樂和信仰，以律法的建立和經濟的體制，以人文的尊嚴和自信，祝福著這個城市美麗的未來。

我是以這樣的心情愛戀著C、愛戀著T，愛戀著和我一起學習，一起擺脫愚昧，一起在閱讀、思考與工作中共同成長的朋友。

Ly's M，我也將以這樣的方式愛戀你，在長久的愛戀中，有著對新知識、新思想更大的好奇，有著對正義、平等更堅定的信念，有著對創造與進步更豐富與樂觀的興趣。

我們將以這樣的方式在下一個世紀相愛嗎？

今天多麼高興在電話裡聽到你說：山上的茶花開了。

很明亮的聲音，那麼喜悅，一點也不猶疑模糊，是的，我們將以這樣的方式發現美、宣告美，使美成為生命中重要的信仰。

Ly's M，你的宣告使我在遙遠的地方想念起了故鄉。

一九九九年二月二日　Paris

## 帝國屬於歷史，
## 夕陽屬於神話

我在廢墟中拾起一片枯黃的月桂葉，

圓圓的滿月已經升在城市的上空，

我知道此刻你在睡夢中有了笑聲。

向南飛行的時候，朝向西邊望去，雲層的上端是一片清澄如寶石的藍色，透明潔淨。在近黃昏的時分，低沉入雲層的太陽反射出血紅的光。襯托在湛藍純淨天空中的血紅，像一種沒有時間意義的風景；沒有歷史，沒有文明，只有洪荒與神話。

Ly's M，你想像過創世紀之前的風景嗎？

沒有白日與黑夜，沒有水與陸地，沒有季節與歲月。在一切還沒有被定名和分類之前，在那巨大的混沌裡，卻蘊蓄著無限創造的力量。「無，名天地之始」的時刻，我在那時，已注定了要和你相遇，在不可計量的時間的毀滅中，經驗愛、經驗相聚與分離，經驗成、住，也經驗壞、空。

在飛行緩緩下降的時候，這個長長地向南伸入海洋的如長靴一般的陸地，露出它美麗的海岸。在血色加重的夕陽中，慢慢看到了巨大高矗在廣大廢墟中斷裂的石柱，使人記起這裡曾經有過的帝國。

帝國屬於歷史，但是，夕陽屬於神話。

Ly's M，我對你的愛，你應該知道，將不屬於歷史，它將長久被閱讀傳頌，成為一則神話。

在七座山丘之間，一對吸吮母狼奶汁長大的兄弟，建造了這座不朽的城市。

在用馬賽克拼聚成的圖像裡，可以辨認一些已經碎裂卻粗具人形的城市祖先。好像在逐漸被時間逼退的時刻，仍然頑固地對抗著即將來臨的消失的命運。

我在處處是廢墟的城市中行走，閱讀歷史，也閱讀神話。好像過去與現在並存著，好像祖先與子嗣同時存在，好像幽靈與血肉的身軀共同生活。歷史上謀殺的血跡，在柱石的廢墟間開成豔紅的花朵。所以，歷史更像神話，我們也仍然是嗜食母狼之乳的子嗣，有一切獸的品行，有熱烈的交媾繁殖與殘酷暴烈的屠殺。

帝國的故事便從交媾與屠殺開始了。

Ly's M，我坐在廢墟之中，思念你，如同思念這裡曾經有過的帝國。

你使我了解到歷史如此虛幻。當我依靠你時，也如同依靠著帝國的榮耀；或許，一剎那間，我們的愛也都將盡成廢墟罷。

但是，我還是藉著夕陽最後的光輝，在廢墟裡走了又走。行走在巨大的石柱間，那被夕陽的光線映照得更顯壯偉的拱頂，那石柱頂端雕飾華麗的莨菪葉形的柱頭，那些深凹的龕和深洞，原來有著人或動物活動的空間，好像挖去了眼瞳的空洞的眶，沒有表情地凝視著時光。

我確定你和我在一起，從那古老的神話開始，共同認識了星球、黎明和黃昏，共同認識了海洋和陸地的誕生，為水藻與貝類選取了美麗的名字。當彩色的虹在雨後的天空出現，我們的愛有了最初的誓言。Ly's M，在尋找你的時刻，我要用閃亮如鏡面的黃金盾牌和彎曲的劍，通過許多妖魅的阻礙。但是，風聲和洪水使海峽的浪濤如此洶湧，我完全忘記，一片月桂葉可以如此篤定，渡我到你的岸邊。

我在廢墟中拾起一片枯黃的月桂葉，圓圓的滿月已經升在城市的上空，我知道此刻你在睡夢中有了笑聲。

我看到你完全看不到的宿命。看到你好幾次的死亡，看到我悲痛的哭泣。看到你被雕塑成石像，立在帝國的疆域之中；看到我的詩句銘刻在紀念你的碑文上。

然後我獨自在滿月的光華中走入橄欖林去。

許多自相交配的野貓在林中流竄。牠們灰色的眼瞳，輕盈如鬼魅的腳步，因為微笑而顫動的觸鬚，都曾因為你的寵愛而被我記憶。我如此清晰看見你在那冬日的樹下蹲伏著，用手來回撫摸那貓的背脊；我在那弓起的貓的背脊上看到你輕柔的手指。每一根手指我都如此熟悉，彷彿樂師們熟悉他們的琴弦。我靜默無語，覺得每一個滿月我都仍然在這片依靠著廢墟的樹林中等待你，等待你從一次又一次的死亡中走回來，如同往昔，在我枕畔呼吸。

這個城市，每在滿月，仍然可以聽到母狼的叫聲。

在蜿蜒的河流四周分布的七座山丘，據說相應著天上的七座星宿。所以地上的故事只是神話的另一種流傳，我如此一次又一次地閱讀你的面容，便是因為那裡有一切神話的徵兆。

但是，你會走回來嗎？

在月光和樹影的錯亂裡，你可以藉著我的詩句，重新找到最初的起點嗎？重新戰勝那麼多次死亡的徵兆，在我悲傷的輓歌中，如一片新生的月桂葉，輕輕降落在我手中。

Ly's M，你無法理解了，你無法理解一種思念可以通過歷史，可以通過不可勝數的死亡與毀滅，可以通過最浩瀚的廢墟，使我再次如此真實地看見你，如此真實地站立在我面前，如此真實地微笑著。

我從那些為了銘記戰爭勝利的門下走過，走到曾經擁擠著人群的市集。從東方被帶來的奴隸和香料在這裡販賣，奴隸們信仰著不同的宗教，他們在被鞭打的時候，仍然跪著仰首禱告，祈求他們的神的賜福。

奴隸們被大批驅遣到巨大的圓形建築裡，被關在窄小的地牢中，等待節日時供野獸追捕吃食。這座圓形的巨大建築可以容納眾多的貴族觀賞奴隸們的死亡。各種酷刑，如同娛樂與遊戲，使奴隸們受虐的哭叫呻吟成為節日慶典最豐盛的喜樂。

Ly's M，我們的祖先和我們一樣，有一切獸的品行。

在那奔逃哭叫的人群中，Ly's M，我，唯獨我，看見了你。看見你在襤褸衣裳下年輕的身體。看見你在酷刑的虐待中仍然完美的身體。看見你，在死亡的驚懼中，仍然沒有失落的信仰的容顏，如此純淨，使我落淚。

你使所有壓迫你的貴族黯然失色。在那時，我知道，一切深深射入你肉體的箭，都將一一折斷。而那些血如泉湧的傷口，也將如花綻放。有歷史不能理解的光輝將來榮耀你的身體。有新的宗教和新的信仰在你站立的土地上被尊奉和紀念。Ly's M，在那群叫囂的淫樂的貴族中，我是唯一看見你的死亡，並因此流淚的一名。但我仍然是他們中的一員，我仍然背負著使眾多奴隸死去的罪行。在以後數十個世紀，將以思念你的酷刑流轉於生死途中，思念你、愛戀你，成為護佑你的永不消失的魂魄。

在刑具仍被打造的年代，我已經偷偷在地窖中閱讀了信仰的經典，使我在眾多奴隸群中相信了愛與拯救的力量。我把經文編撰成簡單易懂並且美麗的詩篇，教會那些常常動搖了信念的徒眾，使他們相信在肉體的傷痛裡仍然可以保有心靈的喜悅與富足。

所以，在這個從神話到歷史的城市，人們可以再次了解，現世物質的繁華，權力的榮耀，並不如信仰那般堅固長久。Ly's M，我也因此確定，我對你的愛，單純到沒有故事可以敘述。我在物質和權力一貧如洗的境域愛上了你，這樣一貧如洗的愛，你可以接納，可以包容嗎？

是的，在走過帝國的廢墟之後，我知道，我是在一貧如洗中愛著生命的種種。在信仰的崇高裡，使自己回復成奴隸，乞求著真正的解放、寬容，救贖與愛。

Ly's M，你使我鄙棄了自己貴族的血緣，你使我第一次懂得了謙遜的意義。願意放棄現世的榮華，願意去背負刑具，和奴隸們一同走向為信仰受苦的道路。如此，我們才會通過一次又一次的死亡，再次相遇，再次以靜靜的微笑使對方相認。我們的愛是庸愚的俗眾不能了解的。

一九九九年二月四日　Roma

# 水和麥子與葡萄都好的地方

如果最終的信仰，是使一切繁雜的思慮，
簡單到只是一朵花的開放，那麼我知道，
有一天，站在你的面前，我只是微笑著，
靜靜擁抱你，你將知道了一切。

Ly's M，今天在和煦的陽光裡轉向北去了。

道路兩邊是收割以後的麥田。黃栗色的麥梗整齊地排列著。被犁劃成一塊一塊的土地，隨著逐漸起伏的丘陵，形成平緩而美麗的風景。

雖然沒有在田中勞作的人，仍然使我感覺到經過人的勞作之後土地的豐富與溫暖。

Ly's M，我想像起你打著赤膊在土地中勞作的景象。你的因為勞動而紅潤起來的面頰，你的厚實的肩膊和胸膛，你的結實而又靈活的腰和小腹，以及你的行走在土地上富有彈性的腿部的關節與肌肉。

也許，因為勞作，因為土地的寬闊與豐富，使肉體可以美麗而不淫欲罷。

在怠墮的城市文明使人的身體陷溺在感官的虛無中不可自拔之時，Ly's M，我渴望在土地的勞作中看到你健康純樸的身體。

因此，我盼望和你敘述這裡的麥田，這裡種植在斜坡上的橄欖樹林，以及用來釀造香冽白酒的葡萄。

葡萄被採摘，帶著夏季最明亮的陽光和雨水，堆放在木槽裡。農民們歡樂地踩踏著。用他們踩踏過泥土和青草的腳，一面歌唱一面踩踏，使葡萄被踩踏出芳甘的漿汁。彷彿是陽光的笑聲，彷彿是雨水的淚；他們把這些都收集了，珍惜地密封在橡木桶中，等待時間發酵。那一個夏季的笑和淚的記憶隱密地封存著，可以在許多年後，仍然使人知道那個夏季：陽光如何明亮，雨水如何滂沱，愛情如何熱烈，而憂愁如何使人低迴嘆息啊！

Ly's M，我想像你走在眾多新結了梅子的綠色的樹下，有著如同酒醉微酡的紅潤的臉頰，知道我在遙遠的地方想念你而微笑了起來。

在離開了繁華的城市之後，這個以生產麥子、葡萄和橄欖的翁布里亞省，使我沉思起土地與勞作的意義。

剛下過雪，樹梢上還殘留著白色的積雪。在車子緩緩駛上山城的小路時，空氣中有一種松樹清冷肅靜的芳香，使頭腦清醒起來。

整個山城是用當地出產的帶淡粉色的岩石修造的。包括城牆的石壁，坡坎，以及教堂和民家的住宅，一律是淡淡的粉色，在冬日雪晴的光線裡閃爍著柔和的紋理。

我或許曾經不只一次向你敘述這山城的故事罷。

許多人從四方來到這裡，嘗試行走在這山城的小路上，嘗試體會和懷念曾經行走在同樣路上的一位苦行僧的事蹟。

「芳蘭且斯柯——」

我聽到山城四處迴盪著這僧侶的名字。

然而他沉默著。

他沉湎於一朵花的綻放，沉湎於在清澈的溪流邊，靜看水紋的迴旋；沉湎於聆聽松林間鳥雀的話語。

他走到山城市集的中心。在熱鬧喧譁的廣場，脫去了華美的衣服。赤裸著如新生嬰兒的身體，親吻母親，親吻父親。把衣服摺疊好，歸還給家人。他說：「物質還給人世、身體要榮耀神——」

那是八百年前一次重大的出走。他重新宣告了修行的意義。

我在每一條平緩和陡斜的路上思念你，Ly's M，如同思念長久以來始終在我心中記憶起的有關苦行僧侶的故事。

思念他年少時的奢華放蕩，思念他戰爭時服役的辛苦。思念他長久沉湎於山林間的悟道，思念他以那麼簡易親近的笑容闡釋「愛」與「和平」的信仰。思念他在欲望的夜晚，裸身在玫瑰荊棘的刺中打滾。思念他最後顯示給眾人瞻望的神蹟，只是最初信仰者為信念真理留下的五處傷痕。

我獨自走到蘇比奧山的高處，可以俯看僧侶曾經俯看過的風景。被人的勞作規劃整理得非常有秩序的土地，在殘雪覆蓋的樹梢或麥田裡，確定有新的生命在醞釀萌芽。Ly's M，如同你在這個初春看到的梅樹上剛剛結成的梅子。有一粒細細的核，被仍然青澀的果肉包圍著，在一切我們看不見的地方，都有充滿了期待的生命。

Ly's M，在這個寧靜的山城，來自一名僧侶的簡單易懂的聲音，揭示了長久以來被偽善的信徒曲解褻瀆的信仰。信仰可以單純只是一種生活。一種花在自然中綻放的形式，一種清澈溪流的靜靜迴旋，一種在野地上自由顧盼的鳥雀的話語，一種雪地裡松樹的芳香，或葡萄釋放著的一個夏季陽光的明亮與雨水的甘甜……

Ly's M，我們要這樣從偽善的教條中出走，走到真實自然的曠野中，用長久沒有赤裸過的腳掌去感覺草地的柔軟，感覺海灘上沙地濕潤飽含著水分的豐富。風在你的胸前，腋下，在腰部與兩胯之間吹拂流動。雨水和樟木的芳香混合著；鳥的啁啾和陽光在林隙間的跳躍閃爍，夜晚天空的繁星和昆蟲細細的鳴叫，蝴蝶的飛舞和蛇的流竄，Ly's M，這樣去感覺你的身體，這樣去感覺一種真實的愛與幸福，如同所有真實的生命修行者曾經經驗和宣示的幸福，使幸福成為真正的信仰。

我在孤獨而滿足的幸福裡思念你。思念你逐漸成長到完美的身體。經過羞澀、經過欲望的糾纏、經過猜疑與逃避、經過痛和受苦、經過憂愁、寂寞，甚至仇恨（是的，Ly's M，我們常常因為渴求愛，卻走到了恨的方向）。但是，都通過罷，如果最終的信仰，是使一切繁雜的思慮，簡單到只是一朵花的開放，那麼我知道，有一天，站在你的面前，我只是微笑著，靜靜擁抱你，你將知道了一切，知道多少的思慮和思念只是為了那一刻的幸福，真實具體的幸福，不再有任何言語。

此刻我坐在燃燒著松木的火爐邊，在雪地中長久行走有些僵凍的腳，感覺到無比溫暖的快樂。我脫去了手套，迎接客棧主人遞給我的熱湯。松木燃燒後嗶剝的聲音，以及瀰漫在整個室內的香氣，使進來的人都喜悅地笑著。

火爐很大，上面鋪架著粗壯的鐵枝。主人正在收拾一串一串烤熟了的腸子；把腸子分配到盤子中，又把剛烘焙好的麵包切開。麵包透出乾爽的麥子的香味，好像連同土地的富足一起給了我們。

我嚼食著結實有質感的食物，喝了一點當地的白酒。主人很誠懇，靦腆地說：「我們這裡沒有什麼，我們這裡就只是水好，麥子好，葡萄好。」

主人在勞作中一張紅撲撲的臉羞赧地笑著，透著火爐的熱氣，使我想像起一整個夏季在熱烈的陽光下土地的溫暖。

我無端又想起那走向山林的隱修的僧侶。也許，是因為他簡單的話語，使這個省分的農民如此安分簡樸罷。他們用著比僧侶更真實而且平凡的語言說：我們這裡水好，麥子好，葡萄好。

Ly's M，在告別這個小小的山城之前，我再次繞到紀念僧侶的教堂。在去年一次巨大地震後，上層的教堂正在整修，但是教堂下層是埋葬僧侶的墓窖，很低很矮，簡單的一個石砌的棺，卻都沒有毀損。「這麼低矮樸素，也不容易毀損罷。」我這樣想。

Ly's M，希望有一天能去你勞作的山上，看你清洗過青苔的水池，看你除過草的庭院，聽你指著梅樹說：「我們這裡，水好，稻米好，梅子好。」

因為想念你，我俯身擁抱了土地，用臉頰親暱了收割後的麥草梗，初融的雪水沾濕了我的頭髮和眉毛，我聞嗅著泥土在早春散發的氣息，我感覺到了你的體溫。

一九九九年二月五日　Assisi

# 叫做亞諾的河流

我不要在抽象的意義上愛你，

我要一種實在的擁抱，

我要那種不可替代的氣味、體溫、形體

與撫觸時真實的質地的記憶。

坐在河邊，我嘗試閱讀一些與城市有關的歷史，閱讀詩人留下的詩句，思想者關於理性與自由的探討，閱讀繪畫者以色彩、線條和造形歌詠的人性的春天，也閱讀雕刻者以青銅或大理石塑造的人體的自信與尊嚴。

Ly's M，關於這個城市榮耀的歷史，關於他們建立的工會制度，關於他們經濟殷實的家族，如何在富有之後沒有淪落為庸俗的淫樂者，相反的，他們以無比的謙遜與好學帶動了一個時代光輝的人文教養。

這條叫做亞諾的河流，如一條翡翠的瑩綠帶子，閃著細細的水漣的波光，悠悠地流過城市的南端。

不遠的地方，橫跨在河流上，便是被詩人歌詠的橋。橋不寬，兩邊都是販賣金飾的商舖，曾經是這個城市經濟殷實的最好的證明，黃金被鑄造成金幣和美麗的飾物，金幣通行於各國之間，成為幣值穩定的象徵，上面由雕刻者鑄造了領袖家族的側面浮雕肖像。

就是在這座橋上，九歲的詩人遇見了他一生戀愛的女子，在輝煌閃亮的黃金的橋上，在永恆的亞諾河潺潺流過的橋上，他們相遇，成為詩歌的開始，於是，詩人和美麗的女子都有了肖像。

Ly's M，在我努力畫下你美麗的容顏時，我知道，我也是在尋找這一個時代肖像的意義。

我們也許並不常思考到人類歷史上「肖像」出現的不凡意義罷！

是的，「肖像」，肖似一個人，一個活著的人。一個充分認知自己的存在與存在價值的人，他才開始有了留下「肖像」的可能，面目模糊的人是不會有「肖像」的。

我們在歷史上觀察，一個民族可以在上千年間沒有「肖像」；沒有記錄「人」，表達「人」，歌頌「人」，關心「人」的意圖。

沒有對「人」的渴望，生命就開始萎弱衰竭了。

在這個城市，是重新閱讀「人」的開始，是用詩句描述「人」，用繪畫記錄「人」，用雕塑使「人」完美而且不朽。

Ly's M，我要帶領你去閱讀那些詩句，那些具體描述人的詩句，關於人的身體，關於頭髮的金栗色和流盼的眼睛的灰藍透明，關於憂愁時的眼淚以及在胸臆間徘徊縈繞不去的思念的欲望，關於擁抱時的體溫的記憶，唇舌和鼻息之間渴求的喘息……

這個城市一次關於「人」的革新，是從這樣具體的「肉身」的描述開始的。

這身體，長達一千年，被視為羞恥，罪惡。這肉身的存在，只有贖罪的意義，只有用來懺悔與等待審判的目的。

這個身體是「神」創造的，因此，身體的存在只為了榮耀神。

一千年間，人類對自己的身體一無所知，眼球如何轉動？體內的血液為何循環不止？呼和吸的肺葉，跳動的心臟，皮膚下一層層的繁複的組織，沒有人探討，因為一切都是「神」的創造，而「神」是不可以理性和思維去觸探的。

Ly's M，行走在這條亞諾河畔的心靈，在秋天靜止的河水裡看見了自己的形貌，如同你在東部大山的深澗裡瀏覽自己發育健全的肉體罷。

我們是從真實地熱愛這個身體，開始了思想與理性，開始了對掩蓋在神祕主義下一切真實事物的好奇與興趣。

一些原來隸屬於修道院的修士，在富有家族的資助下離開了修院，開始以精細的筆描畫起「人」的故事。

這個城市重新閱讀了「誕生」的故事。

新的嬰兒「誕生」了，抱在母親懷中，母親有多麼喜悅，多麼自信；她把嬰兒舉給世人觀看，彷彿要世人一同分享這種榮耀。

那個一千年來為了「神」而存在的「誕生」，使「誕生」失去了世人可以了解的喜悅。現在，在這個城市，被重新閱讀了，重新賦予「誕生」純粹屬於「人」的喜樂。

還有關於神話中一名女神的誕生，她從海洋波浪的浪花裡有了最初的身體。那身體如此豐美，她微帶羞赧地看著世人，好像在詢問身體是否美麗一如往昔？她一手靜靜撫在胸前，一手拉著長髮，隱隱遮住下身；在風和日麗的祝福下，繁花飛落，她靜靜站立，宣告「誕生」的意義，宣告肉身的崇高與尊嚴，宣告「美」才是真正生命拯救的力量。

在自由而開明的殷實富有家族資助鼓勵下，那個叫波提采立的繪畫者創造了那一幅「誕生」的畫作，在那個宗教教條嚴厲的禁忌的年代，在那個視一切的理性與美為異端的年代，終於有一個具體的畫面可以宣告「人」的誕生，人的美麗，與人的莊嚴。Ly's M，如同你的身體對我具含的意義，使我從羞恥與罪惡中重新閱讀了肉身的華貴，重新從閱讀你的肉身開始有了閱讀生命的另一個起點。

我在這遙遠的地方思念你，思念你健康完美的身體，如同五百年前這個城市以完美的人體開始了一次歷史上最重大的革命。Ly's M，那些用石塊鋪砌的街道，在遊客散盡的夜晚，流傳著某些青年吹奏的木笛。我經過八角形的洗禮堂，在淡淡的月色中細看那鑄造著許多故事的銅門。我也仰首瞻望青年的建築師布魯內萊斯基窮其一生設計的巨大圓穹，高高地雄踞在城市大教堂的頂端；標幟著那一時代最卓越的科技，力學結構，材料精密的控制與組合。而這一切，不再只是對神的榮耀，也同時更是人對自我存在的證明。「完美的人是丈量宇宙的尺度」，那個時代的科學研究者和人文信仰者以這句話為「人」重新定位。

我在這曾經生活過最優秀的心靈的城市漫步。每一個巷道或廣場上的雕像，都使我想起你，Ly's M。想起你裸身站立，張開可以丈量宇宙的雙臂，張開可以跨越時間與空間的雙腳，在永恆不盡的時間的循環和無邊無際空間的遼闊廣大裡，人類尋找到了自己確定的座標，不特別自大，也不渺小卑微，是如此自信而謙遜地站立著，使宇宙有了以「人」為中心的運行。

於是，這個城市開始有了「肖像」。

在以神為中心的年代，「人」是沒有肖像的。

離開了神，人開始思考自己，凝視自己，開始對自己的存在有了好奇，開始以自己的方式承擔生命。

人如何誕生？離開了神學的論述，那個對生命充滿好奇的畫家，在筆記簿裡描繪了他對女性子宮的解剖。那個長久存在於每一個女性身體內的器官，卻一直被神學的論述避而不談的部分，如今被理性與科學揭開了神祕的外衣。

許多畫家仍在畫著一千年來有關神靈受孕的誕生故事，關於被稱作「Annunciation」（天使報喜，聖靈受孕）的傳說。這名對生命充滿好奇的繪畫者，他也處理過同樣宗教的題材，但是，或許他不能完全滿意於宗教的解答，他以更多時間解剖了女性的身體，研究有關誕生在科學上的證明，他在一張小小的筆記上留下的女性的子宮，位置不完全正確，在渾圓的胞衣中蜷縮著一個沉睡中的嬰兒，Ly's M，我覺得那是你沉睡在誕生之前，彷彿在繭中等待孵化的蛹，好像一顆蜷縮著的蓓蕾，好像一粒蘊藏著一切可能的種芽，從那裡，有了對待生命起源最初的理性研究。

那個叫做Leonardo，來自Vinci小城的卓越心靈，不只研究了誕生，也研究了手。研究了一個手掌下面多麼複雜的組織，他試圖用一張一張的圖繪，了解手掌的開闔運動，了解所有血管筋脈的牽動，了解每一束肌肉和運動的關係，了解手指的每一個骨節，了解那麼完美的人類的手，不應該偷懶地歸咎於「神」的創造，而應該多麼認真精密地經由理知的方式印證掩蓋在「神祕」之下一切真實的存在狀態。

Ly's M，如你所知，他研究了飛行。在無數的草稿裡描述鳥類的飛翔，記錄並分析牠們飛翔中羽翅張開的功能。然後，他試圖把鳥類的翅翼轉化成可以使人類飛行的器物。他失敗了。終其一生，他並沒有真正「飛」起來。但是，他留下的所有關於「飛行」的論述及草圖卻是人類在數百年後飛起來的最初的依據，他的研究使人類長久關於「飛」的夢想有了科學的基礎。

我們仍有許多夢想未能落實成為科學，我盼望跨越空間的阻隔，可以在夢想的時刻親近你，Ly's M，在一切令人嘲笑或鄙夷的夢想裡，我們感謝這個城市，感謝這個城市曾經活過的優秀心靈，從不曾輕視夢想，而是努力地使人類有過的夢想一一成為真實。

我冥想著那帶著飛的夢想行走在這個城市的Leonardo，在他衰老之年，如詩人一般凝視起死亡。他熱戀著年輕的弟子Melzi，他描繪著那青春俊美的容顏，他又描繪著自己已經衰老但仍炯炯有神的面容；衰老凝視著青春，那是他還無法解答的神祕，關於他的愛，他的眷戀，關於在解剖中還無法找到的「死亡」的意義，他在走向北方去的時候，在擁抱著Melzi入睡的時刻，或許有關一些宛如詩句的呢喃罷。只是，沒有人聽到，沒有傳述，只有他孤獨死去時青年Melzi的哭聲，使人猜想他或許有過一兩句對死亡衷懇的詩句罷。

Ly's M，我在河邊坐久了，感覺到那些活過的心靈仍然行走在我四周，Leonardo，Michelangelo，那些有著母音結尾的美麗名字，變成這裡不朽的回聲。

我走過市政廳廣場，想像那個殷富而有教養的Medici家族的領袖，有好幾代管理著這個城市，使政治開明，使經濟富裕穩定，使城市中有了哲學和詩歌。當他們要為這個城市尋找一個美麗的標幟時，他們找到了二十六歲的Michelangelo，一個卓越的雕刻者，他為這個城市創造了「大衛」，一個英姿風發的少年的英雄，象徵了正義對抗著邪惡，象徵著光明坦然擊退了黑暗封閉，象徵了勇敢戰勝了怯懦，象徵了自信尊嚴的生命為自己找到的崇高形象，Ly's M，這尊巨大的男體裸身石雕，具體地宣告著一個城市完美而不朽的精神。

歷史的許多創造都必須回到「人」，回到「人」的原點。

而「人」並不空洞，僅僅是宗教或哲學上「人」的概念，並無法拯救人，或思考出真正「人」的意義。

「人」，首先是一種具體的存在。

歷史上有關「人」的革新，便需要詩人，繪畫者，雕刻者，留下真實而且具體的「人」的肖像。

Ly's M，你對我是真實而且具體的存在，我不要在抽象的意義上愛你，我要一種實在的擁抱，我要那種不可替代的氣味、體溫、形體與撫觸時真實的質地的記憶；我要的愛將是有關「人」再次革新的開始。

我將再次走去那橋邊，等候你，與你在歷史中相遇。

一九九九年二月六日　Firenze

# 「叫做亞諾的河流」手稿

系列之八　叫做亞諾的河流

坐在河邊，我嘗試閱讀一些与城市有關的历史，閱讀诗人留下的诗句，思想者關於理性与自由的探討，閱讀繪畫者以色彩、線條和造形歌詠的人性的春天，也閱讀雕刻者以青銅或大理石塑造的人体的自信与尊嚴。

M's M，關於這個城市榮耀的历史，關於他们建立的工會制度，關於他们經濟殷实的家族，如何在富有之後沒有淪落為庸俗的淫樂者，相反的，他们以無比的謙遜与好学帶動了一個時代光輝的人文教養。

這條叫做亞諾的河流，如一條翡翠的碧綠帶子，閃着細細的水漣的波光，悠悠地流過城市的南端。

不遠的地方，橫跨在河流上，便是被诗人歌詠的橋。橋不寬，兩邊都是販賣金飾的商舖，曾經是這個城市經濟殷实的最好的证明，黃金被鑄造成金幣和美丽的飾物，金幣通行於各国之間，成为幣值穩定的象徵，上面由雕刻者鑄造了領袖家族的側面浮雕肖像。

就是在這座橋上，九歲的诗人遇見了他一生戀愛的女子，在輝煌閃亮的黃金的橋上，在永恆的亞諾河潺潺流過的橋上，他们相遇，成为诗歌的開始，於是，诗人和美丽的女子都有了肖像。

Ly's M，在我努力畫下你美丽的容颜時，我知道，我也是在尋找這一個時代肖像的意義。

我们也許並不常思考到人類历史上「肖像」出現的不凡意義罷！

是的，「肖像」，肖似一個人，一個活着的人，一個充分認知自己的存在和存在價值的人，他才開始有了留下「肖像」的可能，面目模糊的人是不會有「肖像」的。

我们在历史上觀察，一個民族可以在上千年间沒有「肖像」：沒有記錄「人」、表達「人」、歌頌「人」，關心「人」的意圖。

沒有对「人」的渴望，生命就開始萎弱衰竭了。

在這個城市，是重新閱讀「人」的開始，是用詩句描述「人」，用绘画記錄「人」，用雕塑使「人」完美而且不朽。

Ly's M，我要帶領你去閱讀那些詩句，那些具体描述人的詩句，関於人的身体，関於頭髮的金栗色和流盼的眼睛的灰藍透明，関於憂愁時的眼淚以及在胸臆间徘徊縈繞不去的思念的慾望，関於擁抱時的体溫的記憶唇舌和鼻息之间渴求的喘息……

這個城市一次關於「人」的革新，是從這樣具体的「肉身」的描述開始的。

這身体，長達一千年，被視為羞恥、罪惡。這肉身的存在，只有贖罪的意義，只有用來懺悔和等待審判的目的。

這個身体是「神」創造的，因此，身体的存在只為了榮耀神。

一千年間，人類對自己的身体一無所知，眼球如何轉動？体內的血液如何循環不止？呼和吸的肺葉，跳動的心臟，皮膚下一層層的繁複的組織，沒有人探討，因為一切都是「神」的創造，而「神」是不可以理性和思維去觸探的。

Ly's M，行走在這條亞諾河畔的心靈，在秋天靜止的河水裏看見了自己的形貌，如同你在東部大山的深澗裏瀏覽自己發育健全的肉体軀。

我們是從真實地熱愛這個身体，開了思想和理性，開始了對掩蓋在神秘主義下一切[illegible]事物的好奇和興趣。

一些原來隸屬於修道院的修士，在富有家族的資助下離開了修院，開始以精細的筆描畫起「人」的故事。

這個城市重新閱讀了「誕生」的故事。

新的嬰兒「誕生」了，抱在母親懷中，母親有多麼喜悅，多麼自信；她把嬰兒舉給世人觀看，彷彿要世人一同分享這种榮耀。

那個一千年來為了「神」而存在的「誕生」，使「誕生」失去了世人可以了解的喜悅。現在，在這個城市，被重新閱讀了，重新賦予「誕生」純粹屬於「人」的喜樂。

還有關於神話中一名女神的誕生，她從海洋波浪的浪花裏有了最初的身體，那身體如此豐美，她微帶着羞怯地看着世人，好像在詢問身体是否美麗一如往昔？她一手靜々撫在胸前，一手拉着長髮，隱隱遮住下身；在風和日麗的祝福下，繁花飛落，她靜々站立，宣告「誕生」的意義，宣告肉身的崇高與尊嚴，宣告「美」才是真正生命拯救的力量。

在自由而開明的殷實富有家族資助鼓勵下，那個以波提采文的畫者創造了那一幅「誕生」的畫作，在那個宗教教條嚴厲的禁忌的年代，在那個視一切對理性與美為異端的年代，終於有一個具体的畫面可以宣告「人」的誕生，人的美麗，與人的尊嚴；以S M，如同你的身体對我具含的意義，使我從羞恥與罪惡中重新閱讀了肉身的華貴，重新從你的肉身開始有閱讀生命的另一個起点。

我在这遥远的地方思念你，思念你健康完美的身体，如同五百年前这個城市以完美的人体开始了一次历史上最重大的革命。Ly's M，那些用石塊鋪成的街道，在遊客散盡的夜晚，流傳着某些青年吹奏的木笛。我经過八角形的洗礼堂，在淡淡的月色中细看那鑄造着許多故事的銅门。我也仰首瞻望青年的建築师布鲁內莱斯基窮其一生設计的巨大圓穹，高高地雄踞在城市大教堂的顶端；標幟着那一時代最卓越的科技，力学结構、材料精密的控制和组合。而这一切，不再只是对神的榮耀，也同時更是人对自我存在的证明；「完美的人是丈量宇宙的尺度」，那個時代的科学研究者和人文信仰者以这句话为「人」重新定位。

我在这曾经生活過最優秀的心靈的城市漫步。每一個巷道或廣場上的雕像，都使我想起你，Ly's M，想起你裸身站立，張開可以丈量宇宙的双臂，張開可以跨越時间和空间的双脚，在永恆不盡的時间的循環和無边無際空间的遼阔廣大裏，人類尋找到了自己確定的座標，不特别自大，也不渺小卑微，是如此自信而謙遜地站立着，使宇宙有了以「人」為中心的運行。

於是，这個城市開始有了「肖像」。

在以神為中心的年代，「人」是沒有肖像的。

離開了神，人開始思考自己、凝視自己、開始對自己的存在有了好奇、開始以自己的方式承担生命。

人如何誕生？離開了神学的論述，那個對生命充滿好奇的画家，在筆記簿裏描繪了他對女性子宮的解剖，那個長久存在於每一個女性身体内的器官，卻一直被神学的論述遮蔽而不談的部份，如今被理性與科学揭開了神秘的外衣。

許多画家們在画着一千年來有関神靈受孕的誕生故事，関於被称作「Anunciation」的傳説，這名對生命充滿好奇的繪画者，他也處理過同樣宗教的題材，但是，或許他不能完全滿意於宗教的解答，他以更多時間解剖了女性的身体，研究有関誕生在科学上的証明，他在一張小小的筆記上留下的女性的子宮，位置不完全正確，在渾圓的胞衣中蜷縮着一個沉睡中的嬰兒，以S M，我覺得那是你沉睡在誕生之前，彷彿在繭中等待蛻化的蛹，好像一顆蜷縮着的蓓蕾，好像一粒蘊藏着一切可能的種籽，從那裏，有了對待生命起源最初的理性研究。

那個叫做Leonardo，來自Vinci小城的卓越心靈，不只研究了誕生，也研究了手，研究了一個手掌下面多麼複雜的組織，他試圖用一張一張的圖繪，了解手掌的開闔運運動，了解所有血管筋脈的牽動，了解每一束肌肉和運動的關係，了解手指的每一個骨節，了解那麼完美的人類的手，不應該偷懶地歸究於「神」的創造，而應該多麼認真精密地經由理知的方式印証掩蓋在「神秘」之下一切真實的存在狀態。

Ly's M，如你所知，他研究了飛行，在無數的草稿裏描述鳥類的飛翔，記錄並分析牠們飛翔中羽翅張開的功能。然後，他試圖把鳥類的翅膀轉化成可以使人類飛行的器物。他失敗了。終其一生，他並沒有真正「飛」起來，但是，他留下的所有關於「飛行」的論述及草圖卻是人類在數百年後飛起來的最初的依據，他的研究使人類長久關於「飛」的夢想有了科學的基礎。

我們仍有許多夢想未能落實成為科學，我盼望跨越空間的阻隔，可以在夢想的時刻親近你，Ly's M，在一切令人嘲笑或譏諷的夢想裏，我們感謝這個城市，感謝這個城市曾經活過的優秀心靈，從不曾輕視夢想，而是努力地使人類所有的夢想一一成為真實。

我冥想著那帶著飛的夢想行走在這個城市的Leonardo，在他衰老之年，如詩人一般凝視起死亡，他熱愛著年輕的弟子Mauzi，他描繪著那青春俊美的容顏，他又描繪著自己已經衰老但仍炯炯有神的面容：衰老凝視着青春，那是他還無法解答的神秘，關於他的愛，他的眷戀，關於在解剖中還無法找到的「死亡」的意義，他在走向北方去的時候，在擁抱着Mauzi入睡的時刻，或許有過一些宛如詩句的囈喃罷。只是，沒有人聽到，沒有人傳述，只有他孤獨死去時青年Mauzi的哭声使人猜想他或許有過一兩句对死亡表態的詩句罷。

以S M，我在河邊坐久了，感覺到那些活過的心靈仍然行走在我四周，Leonardo，Michaelangelo，那些有着回音結尾的美丽名字，变成这裏不朽的回聲。

我走過市政府廣場，想像那個殷富而有教養的Medici家族的領袖，有好幾代管理着这個城市，使政治開明，使經濟富裕穩定，使城市中有了哲学和詩歌，当他们要为这個城市尋找一個美丽的標幟時，他们找到了二十六歲的Michaelangelo，一個卓越的雕刻者，他為这個城市創造了「大衛」，一個英姿風發的少年的英雄，象徵了正義对抗着邪惡，象徵着光明坦然擊退了黑暗封閉，象徵了勇敢戰勝了怯懦，象徵了自信尊嚴的生命为自己找到的崇高形像，以S M，这尊巨大的男体裸身石雕，具体也宣告着一個城市完美而不朽的精神。

历史的许多创造都必须回到「人」，回到「人」的原点。

而「人」並不空洞，僅僅是宗教或哲学上「人」的概念並無法拯救人，或思考出真正「人」的意義。

「人」，首先是一种具体的存在。

历史上有关「人」的革新，便需要诗人，绘画者，雕刻者，留下真实而且具体的「人」的肖像。

ㄌㄑㄇ，你对我是真实而且具体的存在，我不要在抽象的意義上爱你。我要一种实在的拥抱，我要那种不可替代的氣味，体温，形体与撫觸時真实的質地的记憶；我要的爱将是有关「人」再次革新的开始。

我将再次走去那橋边，等候你，与你在历史中相遇。

1999. 2. 6 Firenzé

## 憂傷寂寞的一張臉

渴望隱藏在那肉體下灼熱如夏日的溫度，
渴望你毛髮中不容易察覺的一種欲望的氣味，
渴望你柔軟的腹部，渴望與這樣的肉體親近、擁抱、
糾纏，渴望非常具體的、真實的佔有，
彷彿那是唯一使生命從虛弱變得飽滿，
使生命從空洞變得充實，
可以從病與死亡中復活的力量。

M城有一半的人感冒，我也沒有倖免，鼻塞、發熱、喉嚨被痰堵著，夜裡常常在劇咳中醒來。

也許因為病罷，可能更真實地感覺到身體的存在，感覺到平時在健全正常狀況下不太會感覺到的身體各部分的功能。好像在遠離你的時刻，Ly's M，你的存在反而變得如此真實。

戴著氈帽，裹著圍巾，包在厚大衣裡，走過M城大教堂的廣場，覺得灼熱發燙的身體對抗著冰冷凜冽的寒風，呼出的鼻息都是一縷縷的白煙。L帶我去一間小酒館，裡面有瓦斯爐的暖氣，但是還是冷，發高熱的身體散張著毛細孔，一陣陣滲著汗，發著冷顫。我點了熱的薰衣草茶，啜飲著，用很緩慢的心跳、呼吸，很緩慢的視覺和聽覺瀏覽與諦聽四周的景物和聲音。

也許是一種瀕臨停止的緩慢罷；L以為我太疲倦了，其實不是，我在很少經歷過的身體機能完全緩慢下來時重新清明地意識自己思維和感覺的能力。

意識到鄰座一名褐髮女子不可解救的憂鬱沮喪，意識到另一名中年男子點菸時手指不克自制的顫抖。Ly's M，彷彿在病的混沌狀態裡卻開啟了另一種直覺的清明，遠遠比理知更準確而且敏銳，穿透著理知所達不到的意識深處更神奇的真實。彷彿可以聽到尚未來臨的曠野上黎明時的雞啼；彷彿感覺到下一個春天冰雪在高山上慢慢融化；彷彿，Ly's M，彷彿你在明日清晨微寒的山裡醒來前一剎那如嬰兒般的微笑，我都在愈來愈緩慢的意識中一一預見了。

在那逐漸斑剝漫漶的壁畫裡，我更緩慢地看見了五百年前Leonardo在晚年對於「死亡」的預知。一群騷動不安的門徒，指天發誓，捫心自問，驚慌、憂慮、痛苦、不捨、憤怒、哀傷；十二位門徒，在「死亡」前反應著不同的情緒。然而那真正預知了自己死亡的主人，卻一片寧靜，只是緩慢地攤開雙手，只是傳遞著麵包和紅酒，預言似的說：這是我的身體，我的血。

使人感覺到不可思議的美，這張漫漶的壁畫，竟然不是存在，而是不斷消失的過程。Ly's M，我將以詩歌和繪畫創造不朽的你，是因為注定的消失，我才熱戀起你的存在的真實罷。

在冬天的陽光裡，你裸身站在水池裡，用刷子清洗池壁四周的青苔，刷去積垢，清理池隙長出的雜草。蛇蛻下的殘皮，山泉的水，陽光，勞動時的力量，山裡潔淨的空氣，蔚藍的天空裡停著的一朵白雲……

我似乎預見著你在一面輝煌的壁畫裡，在一切的繁華褪色剝落的毀滅和消失中，成為一種存在的真實，成為我的堅持，成為我的執著，成為我在巨大的幻滅中唯一可以永恆信仰的真實的存在。

眾生於無始生死，無明所蓋，愛結所繫，長夜輪迴，不知苦之本際。有時長久不雨，地之所生，百穀草木，皆悉枯乾。諸比丘，若無明所蓋，愛結所繫，眾生生死輪迴，愛結不斷，不盡苦邊。

我的肉體病痛著，感覺到記憶、思維、渴盼一點一點沉澱。身體的高熱產生一種虛幻，彷彿浮游在茫漠的空中，但是，對生存的欲望卻如此驚人的膨脹，膨脹到近於一種原始的細胞分裂的狀態，好像是種子從果實中爆裂飛撒開來；好像水族的魚蛙鼓動大腹，排擠成千上萬的卵；好像一時孵化的蛹，蠕動推擠著。Ly's M，你可以了解嗎？我感覺到肉體裡每一個單一分子強烈的欲望、生存、繁殖、擴大、延長、渴望對抗那病的虛弱，渴望對抗痛，對抗昏眩與高熱。我覺得淚水汨汨流出，當我低低呼叫你名字的時候，覺得是在生死輪迴中如何切割斬截都還是牽繫不斷的思念，是這樣千百倍於肉體上的病痛，是走向無盡無邊的茫漠時空的混沌裡一點點幻覺般的一豆燈光；啊，我在高熱與昏眩中竟是依賴著那一點幻影之光繼續生存著的嗎？

Ly's M，我把自己遺棄在這冬日冰原一般的巨大城市中，遺棄在病痛中，遺棄在孤獨裡，依靠著對你的堅決的思念，依靠著對你肉體的回憶，渴望全新的痊癒。

然後，我痊癒了。

站在仍然嚴寒但異常明亮的陽光裡，感覺到抗拒了病和虛弱之後的自信，感覺到痊癒是如此真實地，身體的每一個細胞重新復活的喜悅。

奇怪，我在病痛時閱讀和思索的宗教的經文不復記憶了，Ly's M，這時，我渴望你的肉體。渴望你飽滿的胸脯，渴望那富於彈性如厚實大地起伏的肉體；渴望隱藏在那肉體下灼熱如夏日的溫度，渴望你毛髮中不容易察覺的一種欲望的氣味，渴望你柔軟的腹部，渴望與這樣的肉體親近、擁抱、糾纏，渴望非常具體的、真實的佔有，彷彿那是唯一使生命從虛弱變得飽滿，使生命從空洞變得充實，可以從病與死亡中復活的力量。

我揹著行李，到了火車站。在忙碌擁擠充滿旅者吵雜聲音的月台上，感覺到離去的莫名的亢奮。好像我不只是要離開M城，而是要離開纏繞我的病弱與悲哀的心境。我決定要使自己健康而且快樂起來。我決定乘坐火車到東方的V城去，彷彿東方是更靠近你的地方。在一次病的痊癒之後，我將如親吻你入睡時的額頭那樣，將你環抱在臂彎裡。天空的蔚藍和繁星入夜，我只是如V城港泊裡的船隻，惦記著遠行和歸來的故事。

火車大約行駛了三小時，在時睡時醒中，看到冬日樹林的枝椏間陽光的跳躍，地面上仍殘留著前幾日未融的積雪。

隔座的旅客談論起V城即將來臨的一年一度盛大的節日，並從行李中拿出製作的面具，戴在臉上，炫耀於友伴之間。

面具是銀色的，沒有表情，或者說，是一種靜止的表情罷。其實，每一個人的臉，都是另一種意義上的面具。只是，一般來說，一個人臉上常常在轉換表情，表情太多，反而使一張臉難以記憶。面具大約像一張靜止的臉，是總結了許多表情之後的結論，所以通常使人印象深刻；我們很難記憶一張人的臉，像記憶面具那樣準確而且長久。

隔座旅客的臉我無法記起了，但是他戴著面具的臉卻如此清晰。一張銀色無表情的臉，兩個空洞的眼睛，右邊眼睛的臉頰上畫著一滴淚水，用碎玻璃屑黏成的發亮的淚滴，使整張臉看來如此憂傷，連帶著使人的身體也有著悲哀的表情了。

「這是你的面具嗎？」

「也可以是你的啊！」

旅客把面具罩在我臉上。我看到他觀察我的表情，好像看到了很憂傷的一張臉，微微蹙起了眉頭，眼中閃著薄薄的悲憫的光。我忽然覺得被一種憂鬱籠罩，彷彿那張面具中附著鬼魅的靈魂，可以使戴上面具的人一霎時被那古老但仍活著的鬼魂宰制。

「那是一張曾經活過的人留在世間的一張臉。」

他無動於衷地把面具放回到行李箱中去，把箱子放到腳下。我一直望著他踩在腳下的箱子，覺得有一張密閉在黑暗狹窄空間中的憂傷的臉，臉頰上有一滴發亮的淚珠。

「你也是為那節日來的嗎？」他似乎想轉移我的視線。

「面具狂歡節？」

他點點頭。

「我不確定？」我說：「我的愛人在東方。我的病剛剛痊癒。也許，我會在一個靠近東方的城市找到失落已久的一張面具，臉頰上沒有淚水，而是如嬰兒初醒般淡淡的微笑。」

Ly's M，火車的軌道架設在水中，一條筆直而且很長的軌道，兩邊都是平靜的水面，好像火車是在水面上滑行。

這是進入V城的道路了。據說最早是一些被戰爭與盜匪所困的居民，找到了這一片在潟湖中的沼澤區，成為他們避難的基地。他們在星羅棋布的島嶼上居住，在鬆軟的沼澤中以木樁穩定地基。以窄長形的船隻穿梭於水道之間，以長長的篙桿使舟船行走。戰爭結束，水道間便傳唱起了美麗的歌聲。島嶼和島嶼之間修築起了高高的拱橋，使居民可以來往，也使船隻可以穿過。

大約在八百年前，這一片潟湖中的島嶼成為商業繁榮的地區，來往於東方和西方的商旅都必須經過這裡，城市便依靠著貨物的交換和巨大的貿易稅收富裕興盛了起來。

金碧輝煌的寺院被修建了起來，以西方的石塊砌建了基礎，用東方的彩色石和玻璃鑲嵌成華麗的屋頂。商人們從遙遠的國度帶來珍奇的寶物以為寺院祭拜神的供物，香煙繚繞，唱讚不斷，祈祝海上船隻平安，祈祝貿易的順利，祈祝生活的繁華幸福。

寺院正面是朝向西方的，當紅日西斜，從整個海面上反射的光輝映著寺院金色的屋頂，珠寶和彩色玻璃閃耀燦爛，這裡的故事對世界許多角落的人便傳頌如同神話了。

也許，我曾經和你說過這裡的故事，Ly's M，關於財富和戰爭中產生的騎士，關於他們在冒險和航行中流傳的詩歌，關於他們遠離家鄉時女人的寂寞和欲望，關於武器的製造和監獄的修建，關於水手與娼妓，關於酷刑與死囚，Ly's M，我想和你連續說一千零一夜的故事，使那些近似神話的故事在每一個黎明成為救贖我生命的方式，使你在每一個黎明，期盼故事的下一個結局繼續寬赦臨刑死囚新的一天。我願意這樣為創造新的傳說活著，沒有新的創造，生命便不值得拯救了。

Ly's M，我抵達這神話的城市了，我隔座的旅客已然不見，僅在他座位下遺留下那具行李箱。我打開箱子，看見久違了的面具，臉頰上的淚痕宛然，但已有了像你的笑容。

我等火車靠站，戴起面具，覺得你就在我身邊，一如往常，我們攜手向金色的寺院走去。

鐘聲從四面響起，每一艘船都划向港灣的中心，代表陸地上的領袖穿著莊嚴華貴的絲綢的衣袍，他端正站立在豪華的船首，在禮樂聲中，以一枚黃金的戒指擲向海洋，表示陸地與海洋的婚禮，人們齊聲歡唱，祝福這個在陸地與海洋中誕生的城市永久的繁榮。

夕陽從寺院的金頂逐漸消逝，最後的輝煌遺留成水面上一點寂寞的光，那時候，所有戴著面具的鬼魂便彷彿仍在繁華歲月時一般前來參加節慶。

Ly's M，城裡沒有人是不戴面具的，在寺院廣場上，那早下車的旅客便來央求我：「把面具還給我好嗎？」

「把面具還給我好嗎？」好像每一張臉都在呼喚面具，每一張臉都因為失去了面具便同時失去了繁華的記憶。

魂魄們要借面具回去，回到華麗的過去，回到繁榮的過去，凝視他們沒有看完的繁華。

面具節日使V城異常感傷，使活著的生命提早看到了成為魂魄後的憂傷。但是，這節日又是華麗的，煙火，燈光，各種閃耀的彩飾，富麗的衣裝，使整個城市上演著一齣華美而又令人嘆息的戲劇。

我最後忘了自己面具的形式，我走到水邊，試圖從晃漾的水中重新省視自己面具的形貌，但也因水光跳躍不定，終究只是看到一個模糊如魂魄的影子。

我也試圖在眾多戴面具的人群中尋找你，Ly's M，你一定也在人群中，從那繁華中走來，披著黑色的長披風，帽上羽飾隨風飄動，我嘗試在面罩的眼孔下辨認你特別清澈潔淨的眼瞳的神采，以及你身上時常拂過的如杉木和麝香混合的氣味。

面具使原來相熟的人無法彼此辨認嗎？還是面具改換了原有的自己，試探一種新的彼此相處的關係？

Ly's M，我在燈火闌珊的港灣處尋找你，思索你今夜將以什麼樣的面具和裝扮出現。

我看到金色面具的君王，穿著金色與銀綠色織繡的袍子，威嚴地走過。我看到紅衣主教，戴著高高的冠冕，一張胖胖的微笑的面具，手執權杖，緩緩前行。我看到來自法蘭西的使節們，頭上跳動著如彈簧般的銀白假鬈髮，罩著蒼白而有著紅潤嘴唇的面具，優雅又有點妖嬈地呢喃著柔潤的語言。Ly's M，我不確定那是你，披著長長的黑色披風，手中拿著一枝鮮紅的玫瑰，一直背對著我，使我無法知道你在離別的歲月之後有了如何憂傷和寂寞的一張臉。

Ly's M，一整個夜晚，我在狂歡的群眾中走過，推開好幾個裝飾著肥大乳房的妓女，也推開了好幾個偽裝了彈跳巨大陽具的水手，我只是一直跟蹤著那背對我的一張臉，渴望看清楚你的表情。

狂歡的隊伍大約在清晨四時散去，我走遍一條一條的巷弄，在汙穢、混雜著酒味和排泄物氣息的窄巷中行走，總是在閃爍著街燈的盡頭看見你長長的背影。

也許你將在黎明的光降臨之前離去罷，當我追蹤到金色寺院廣場時，鐘聲正響五聲，一群鴿子飛成弧線，我覺得臉頰上冰涼微濕，抬頭看去，一片紛飛的白色雪花漫無邊際地落下，我佇立凝望，覺得那正是你飛起的姿勢，是嗎？Ly's M，你終究以這樣美麗的方式向我告別了。在下一個面具狂歡節的時刻，你仍將來臨，藉著我遺留給你的面具，翩然自燈火輝煌處降落。

一九九九年二月十四日　Venice

# 肉身覺醒

我在肉身裡了悟虛惘。

我在肉身裡的眷戀、貪愛、不捨，

其實也正是去修行肉身的基礎罷。

我不知道是遺失了你，或是遺忘了你。我無法聽到你的聲音，我無法看到你的字跡，得不到你的訊息，甚至不再能確定你是否存在；存在於何處？存在於什麼樣的狀態？

連我的思念也無法確定了。我開始疑問：我真的認識過你，擁抱過你，熱烈地戀愛過你嗎？

你最後說的話彷彿是：「一切都如此虛惘。」

是什麼原因使生命變得如此虛惘？親情，友誼，愛，信仰與價值，在一剎那間土崩瓦解。Ly's M，在那最虛惘的沮喪裡，我們還會記憶起曾經彼此許諾過的愛與祝福嗎？

我行走在烈日赤旱的土地上。大約是高達攝氏三十七、八度的高溫。漫天塵土飛揚。我感覺到皮膚被陽光炙曬的燙痛。眼睛睜不開，日光白花花一片。我覺得在昏眩中彷彿有一滴淚水落下。落在乾渴的土中，黃土上立刻有一粒濕潤的深褐色斑痕。但隨即又消失了。塵土飛揚起來，很快掩埋了斑痕；也許只有我自己仍記憶著有一滴淚落在某一處乾旱的土中罷。

我走在熱帶叢林裡一座被遺忘了數百年之久的古城廢墟中。Ly's M，我的心和這古城一樣荒蕪。石柱傾頹，城牆斷裂，藤蔓糾纏著宮殿的門窗。我在廢墟中尋求你，尋找曾經存在的繁榮華麗，尋找那曾經相信過美與信仰的年代。

這個城叫做「安哥」，在十世紀前後，曾經是真臘國繁盛的王都所在。賈雅瓦曼王修建了方整的王城，有寬廣的護城河，架在河上平直的石橋。石橋兩側是護橋的力士與神祇，抓著粗壯的大蛇的軀幹，蛇身也就是橋邊的護欄，橋端七個大蛇頭高高昂起，雕鏤精細，栩栩如生，使人想見繁盛時代入城的壯觀。

城的中心有安哥窟，「窟」從當地「WAT」的發音譯成，原意應該是「寺廟」。

這是被喻為世界七大奇景的建築，一部分是城市，一部分是寺廟；一部分屬於人的生活，一部分留給神與信仰。

寬闊的護城河，有一級一級的台階，可以親近河水，水是從自然的河流引來，繞城一周，好像河水到了這裡也徘徊流連了。

河中盛開著蓮花，粉紅色和白色兩種。白色的梗蒂都是青色，常常被縛成一束，供在佛前。

男女們都喜歡在水中沐浴，映著日光，他們金銅色的胴體，也彷彿是水中生長起來的一種蓮花。

幾乎長年都有富足的陽光和雨水，人的身體也才能如蓮花一般美麗。

男女們在水中詠唱，歌聲和流水一起潺潺緩緩流去。小孩們泅泳至水深處，把頭枕在巨大的蓮葉上，浮浮沉沉。他們小小的金色的身體晃漾著，好像期待自己是綠色蓮葉上一粒滾動的水珠。

水珠在一片蓮葉上是如何被小心翼翼地承護著。風輕輕搖曳，似乎生怕一點點閃失，水珠就要潰散失滅了啊！Ly's M，你知道，我如何也時時在謹慎祈祝中，害怕失去你，害怕你會在一剎那間消逝，如同那潰散失滅的水珠，我再也無處尋找。

「一切都如此虛惘。」

Ly's M，什麼是不虛惘的呢？國家、朝代、繁華、城市，以及蓮葉上明亮晶瑩的一滴水珠。

我在這個荒廢於叢林中的城市中尋找你。一塊一塊石砌的城牆，因為某一天一粒花樹的種子掉進了隙縫，因為充足的雨水和陽光使種子生了根，發了芽。花樹長大了，鬆動了城牆的結構。石牆被苔蘚風蝕，被藤蔓糾纏，被植物的根侵入，石牆崩坍了。最後巨大的城市與宮殿被一片叢林淹沒。蛇鼠在這裡竄跳，蜥蜴和蜈蚣行走在廢棄的宮殿的長廊上。Ly's M，經過好幾百年，當這座城市重新被發現，到處都是蜘蛛結的網，每一個角落都麇集著腐爛發出惡臭的動物敗壞的屍體。

「一切都如此虛惘！」

Ly's M，我們將任由內在的世界如此壞敗下去嗎？你知道一切的虛惘可能只是因為我們開始放棄了堅持。

我們光明華麗的城被棄守了。

我們放棄了愛與信仰的堅持。

我們退守在陰暗敗壞的角落，我們說：「一切都如此虛惘。」

我們曾經真正面臨過歷史、生命、時間與存在最本質的虛惘嗎？

當我緊緊地擁抱著你的時刻，我知道那是徹底虛惘的嗎？你的富裕的肉體，你的堅強的骨骼，你的飽滿的渴望被愛撫與擁抱的肌膚，你的熱烈的體溫，你大膽表示著欲望的眼睛，你豐潤鮮紅的嘴唇，你的亢奮起來的身體的每一個部位，Ly's M，我在那激動的時刻，覺得眼中充滿了淚，因為，我每一次都經歷著一種真實，也經歷著一種虛惘。知道你的肉體和青春，一如朝代與城市的繁華，一旦被棄守，就將開始敗壞凋零，一旦喪失了愛的信仰，就將發出腐爛的氣味；一旦把自己遺棄囚禁在窒悶的黑暗中，紛亂的蛛網就將立刻在身體各個角落結成窠巢了。

Ly's M，你真的看到過虛惘嗎？

蓮花池的水乾涸了。蓮花被雜草吞沒。許多肥大的鱸魚在泥濘中覓食。枯木上停棲著幾隻烏龜，伸長了頸項，凝視著暴烈的陽光，一動也不動，彷彿牠們預知了虛惘，預知了生命與死亡沒有差別的寂靜狀態。

你還要看更虛惘的景象嗎？

那些用石塊堆疊到直入雲霄的寺廟的高處，高達數丈的巨大佛頭，崩散碎裂了，仍然可以看到維持著一貫笑容的嘴角微微上揚，那樣寧靜端正悲憫的笑容，Ly's M，如同你在某一個清晨對我的微笑，而今，我應該了解，那一切不過是虛惘嗎？

這裡不只是一個傾頹的宮殿，這裡是一個棄守的王朝，一個棄守的城市。因為敵人的一次入侵，他們忽然對自己的繁華完全失去了信心。他們決定遷都，他們決定離開，他們無法再面對現實中困難的部分。他們跟自己說：「放棄罷！」於是這個繁華美麗的城市便被棄置在荒煙蔓草中了。

Ly's M，我們也要如此離棄愛與信仰嗎？

我走在這廢棄荒蕪的城中，彷彿每一個巷弄都是你內在的心事，糾結纏繞在藤蔓，野草，蟲豸和頹圮的石塊中；但我仍然走進去了，走進那幽暗的，閉室的，微微透露著潮氣與霉味的幽深而複雜的巷弄，看一看這個城市被棄守之後的荒涼。

Ly's M，我們的愛第一次如此被棄守了，如一座荒涼的城。

我攀登到城市的最高處，冒著傾頹崩垮的危險，爬上陡峭高峻的石階，在斷裂、鬆動的石階上一步一步，渴望到達最高的頂端。那在遙遠的高處向我微微笑著的佛的面容，祂閉著雙目，但祂似乎看得見一切心事的悲苦。

「祂看得見嗎？」

同行的一名穿黑衣的德國青年尖銳地嘲諷著。

是的，Ly's M，祂看得見嗎？

我們無法了解，為什麼盛放的花趨於凋零；我們無法了解，輝煌的宮殿傾頹成為廢墟瓦礫；我們無法了解，青春的容顏一夕間枯槁如死灰；我們無法了解，彼此親愛卻無法長相廝守；我們無法了解，侮辱、冤屈、殘酷有比聖潔、正直、平和更強大的力量。

「祂看見我們看不見的。」我想這樣說，但我看著那穿黑衣的青年憤懣的表情，心中有了不忍。

我們或許還活在巨大的無明之中罷。我們無法知道愛為何變成了冷漠，信任變成了懷疑，忠誠變成了背叛，關心變成了疏離，思念與牽掛變成固執在幽閉角落的自戕的痛楚。

我在瓦礫遍地、蔓草叢生的廢墟中思念你，Ly's M，如果這個城市是牢固的，它為何如此荒蕪了？我們的愛，若是堅定的，為何如此輕易就消逝斷絕了？

我要藉著你參悟愛的虛惘嗎？如同歷史藉著這城市參悟了繁華的幻滅。

那豎立在城市最高處的巨大佛像，仍然以靜定的微笑俯看一切。

「祂看得見嗎？」

在我攀登那長而窄的階梯，幾度目眩、幾度心悸、幾度腿軟，在放棄的邊緣，也許是那名穿黑衣的青年一句憤懣的話語，使我安撫了急促的喘息，安撫了躁動起來的心跳，想看一看信仰的高處，究竟看到了什麼，或看不到什麼。

Ly's M，我走在步履艱難的階梯上，想遺忘你，想停止下來，不走了，想退回去，退到不認識你的時刻；想告訴自己：一切究竟只是虛惘。

在炎炎的烈日下，我汗下如雨，氣急心促，淚汩汩流溢。Ly's M，我看到許多無腿無臂的軀幹，張著盲瞎的眼瞳，喑啞著聲音，乞討著一點錢和食物。他們佈滿嗡聚在一級一級的台階上。他們匍匐著，在台階上如蟲蛆一般蠕動。他們磨蹭在石塊上留下的斑斑血跡，重重疊疊，好像繁花、好像朝代的故事，一路塗抹在通向最高佛所的路上，而佛仍如此靜定微笑。

「祂看得見嗎？」

我大約了解了那穿黑衣的青年苦痛的吶喊了。

八百年前這個城市被棄守了，他們害怕鄰近強大起來的國家。他們把國都搬遷到河流下游去，重新興建了宮室。但是戰爭並沒有因此停止，災難在數百年間如噩夢一般糾纏著這個似乎遭天譴的國家。

廢棄的王城牆壁上浮雕著載歌載舞的女子。她們梳著高髻、戴著寶冠。她們流盼著美麗的眼神，袒露著飽滿如果實的胸脯。她們腰肢纖細，如蛇一般微微扭動。裸露的手臂和足踝上都戴著飾滿鈴鐺的金鐲飾物。一旦她們輕輕舞動，整個寧靜的王城的廊下便響起了細碎悠揚的樂音。她們豐腴的肉體在岩石的浮雕中散發著濃郁的香味，穿過幽暗的長廊，彷彿述說著一次又一次毀滅與戰爭的故事。她們對毀滅無動於衷，她們自己也常常缺斷了頭臉，或者眉目被剷平了，或者因為宮殿結構崩塌，她們的身體也分裂開來，變成被支解的肉體。

Ly's M，許多人來到這裡，是為了觀看及讚嘆八百年前王城偉大的工程和雕刻及建築藝術的華美精緻，那些因為年久崩頹而肉體分離的美妙的天女浮雕的舞姿，雖然殘破，仍然使觀賞者嘖嘖稱奇。

那穿黑衣的德國青年從遙遠的地方來，也是為了欣賞久聞盛名的藝術之美麗。但是，他似乎被另一種畫面震驚了。他看到的不只是一個古代王城的崩潰瓦解，他看到每一個王城廢墟的門口擁集著在戰爭中炸斷手腳，被凌虐至眼盲、耳聵、面目全非的各式各樣活人的樣貌。他們匍匐在地上，向來至面前的遊客們磕頭，求乞一點施捨。瞎眼的口中喃喃說著：謝謝，謝謝。暗啞的喉頭咕嚕著如被毒打的狗一般低沉而模糊不清的聲音。

炸斷了手腳的，如一個怪異的肉球，在遊客的腳下滾動攀爬，磨蹭出一地的血跡。

那穿黑衣的青年被眼前的景象震嚇住了，他或許覺得「人」如此存在是一種恥辱與痛苦罷。如果「人」是可以如此難堪卑微如蟲蛆般活下去，那麼，那些宮殿牆壁上精美的天女舞姿，那些據說花費上萬工匠精心雕鑿的美術傑作，又都意義何在呢？

大河混濁著黃濃的泥沙，像一條泥濘之河，飄浮著腐臭的動物屍體和汙穢垃圾，但是仍然洶湧浩蕩地流下去。

Ly's M，我們會不會陷溺在這條泥濘的大河中，一切已開始腐爛敗壞，卻又不得不繼續無目的地隨波逐流下去。

不知道為什麼，我恐懼你失去純樸美麗的品質，遠甚於我恐懼失去你。

我們若不認真耕耘，田地就要荒蕪了。如同這樣華美繁榮的城市，一旦被放棄了，就只是斷磚殘瓦的廢墟。

我恐懼自己的改變，恐懼自己不閱讀、不思考，不做身體的鍛鍊與心靈的修行，失去了反省與檢查自己行為的能力。在鏡子裡凝視自己，看到肉體日復一日衰老，但仍能省察堅定的品格與信念，如同對你如此一清如水的愛戀。因此，我並不恐懼失去你，我恐懼著我們的愛戀也像許多人一樣變成一種習慣，失去了共同創造的意義，變成一種形式，失去了真正使生活豐富的喜悅。

Ly's M，一個城市，沒有努力活出自己的勇氣，卻以談論他人的是非為口舌上的快樂，這個城市就不會有創造性的生活，也不會有創造性的文化。

但是，我要如何告訴你這些呢？我要如何使你在如此年輕美麗的歲月，不會掉進那些自己不快樂，也不允許他人快樂的愚庸的俗眾的腐爛生活中去呢？

我凝視你，我想辨認我一向熟悉的你最優美的本質。我看到你在說話，蠕動的下唇上有一粒白色的膿點。我忍不住伸手輕輕觸碰。我說：「上火了嗎？」

你被突如其來的動作打斷，呆了一會兒，靜下來，不再說話，但也彷彿一霎時不知道要說什麼。

「痛不痛？」我問。

你仍然沒有回答。

突然的靜默橫亙在我們中間。

靜默似乎使人恐懼，但是，其實生命中靜默的時刻遠比喋喋不休的習慣重要；愛情也是如此，沒有靜默，是沒有深情可言的。

我思維著我們之間的種種：愛、思念、欲望、離別的不捨、眷戀與依賴，但是，我們似乎也忽略了，各自在分離的時刻一種因為思念與愛戀對方而產生的學習與工作上的努力；在身體與心靈的修行上，我們都以此自負地進步著。如同每一次久別重逢，我們長久擁抱，在渴望對方的身體時，我們或許也是渴望著藉此擁抱自己內在最隱密、最華貴、最不輕易示人的崇高而潔淨的部分罷。

我是如此真實而具體地愛戀著你。因為愛戀你而使得生命變得充實而且有不同的意義。

在圓月升起的夜晚，我低聲讀給你聽新作的詩句；在潮汐靜靜襲來的清晨，看黎明的光從對岸的山頭逐漸轉亮；在全麻的畫布上用手工製作的顏料，一筆一筆描繪你的容顏；在世界每一個城市的角落思念你，彷彿你一直近在身邊，是孤獨與寂寞時可以依靠的身體，也是歡欣喜悅時可以擁抱的身體。Ly's M，你對我如此真實而具體，從來不曾缺席過。

你曾經擔心我在長久的旅途中因為想念你而孤獨，寄來了裸身的照片。那些照片是美麗的。但是，Ly's M，我無法在照片中想念你。照片裡沒有你熱烈的體溫，照片裡無法嗅到你如夏日土地一般曠野的氣味。照片裡也沒有使我感覺到你如同退潮時逐漸新露出來的沙地一般平整細緻的肌膚的質地。Ly's M，愛無法被簡化，我仍然願意用一句一句的詩，細細地織出我的思念；我仍然願意回到畫布前，一筆一筆，用最安靜眷戀的心，重新創造出深藏在我心中你全部肉體與心靈上的完美。

在我的思念和眷戀中，你不曾缺席過。

在走過最悲苦的土地時，都因為有對你的愛戀，使我相信一切人世間的境域都將如你的心地一般華美充實。

許多乞丐像覓食的蒼蠅，麇集在外來的觀光客身旁。觀光客不斷掏出錢來，他們給著給著，從原來真心的憐憫悲哀，變成厭煩，變成憤怒。他們似乎憎恨著自己的無情，「怎麼可以對人間的苦難視而不見呢！」他們在心裡不能饒恕自己。但是在戰爭中的受虐者實在太多了，那些無人照顧的孩子，三歲四歲，像被遺棄的狗，髒臭醜陋，圍繞在觀光客前：「一元，一元」，用怪異的英語重複著同樣的詞彙。

觀光客掏光了所有的零錢，但是他們仍然不能饒恕自己，他們的慈悲，他們的人道主義都被這樣一群一群多到無法計算的如棄狗一般的小孩弄得狼狽不堪。

原來慈悲這樣脆弱，原來人道主義如此不堪一擊。

那穿黑衣的德國青年頹喪地依靠著一段牆，無奈地含著眼淚。而那如覓食蒼蠅的孩童仍然緊緊圍繞著他：「一元，一元」，他們使所有生存的尊嚴與意義完全瓦解，他們只是那麼具體地告訴人們活著的下賤、邋遢、卑微，無意義。

我們的信仰都被擊垮了，如同一座被棄守的城。

Ly's M，我徹底虛惘沮喪的時刻，流著不能抑止的眼淚，一次又一次呼叫你的名字，彷彿那聲音裡藏著唯一的救贖。

記不記得，有一次我跟你說：「前世我們一起讀過一段經，這一生就有了肉身的緣分。」

我相信這肉身中有我救贖自己的因緣。

在酷旱的夏日，我在心中默唸著經文的片段，走到巨大如傘蓋的樹下靜坐。靜坐之初，許多動念，包括額上滴下來的汗水，包括你時時浮現的眼眸和嘴唇，包括嗡嗡在耳邊旋繞不去的昆蟲。感覺到閉目的靜默外陽光搖晃閃爍，感覺到肉體如此端坐裡諸多欲望的紛擾，感覺到心事如此靜定，而思緒繁亂，彷彿時時都在放棄與崩散的邊緣，要在一念的專注裡更恆久堅定守護，才不至於在半途的虛惘中功虧一簣。

Ly's M，你不會了解，你是幫助我守護愛與信念的力量。

在我重新從靜坐中回來時，已是黎明初起的清晨。淡薄的霧氣在樹林間緩慢消散。初日安靜的陽光一線一線在枝椏和葉隙間亮起。可以聽見遠處的河流上有了早起浣洗衣物的婦人，在水聲和歌聲裡工作，把長長的絳紅色的布匹在河水中漂洗。當我從意識中覺醒時，沉睡的肉身的每一個部分也才慢慢甦醒了起來。視覺微微啟明，有光影和形狀以及逐漸鮮明起來的色彩。我靜靜轉動眼球，感覺視網膜上開始映照意識的層次。我俯耳諦聽，在晨風徐徐裡，即使鳥雀紛雜的吵鬧啼鳴，也不曾遮蔽我如斯清晰地聽到你此刻仍在酣睡中的微微鼻息，聽見你在夢魘中怔忡掙扎。而我持續唸誦的經文，終於使你遠離夢魘驚懼，在清明醒來前的一剎那間有了思念我的滿足的微笑。

我感覺到呼吸在鼻腔到肺葉中輪替的秩序。是肺葉中許多許多細小的空間，從完全的空，開始慢慢被吸入的氣體充滿。那帶著清晨杉木與泥土清香的空氣，如此飽滿而具體地使整個胸腔充滿。彷彿潮水滲入沙地，每一個空隙都完整地被流溢充滿，到了沒有餘裕的空間。一種在飽滿的幸福中緩慢地釋放，每一個空隙徐徐呼吐出細細的氣體。每一個空隙還原到完全空的狀態，好像瓶子被注滿水，又把水徐徐倒出。Ly's M，瓶子在被注滿時的幸福，以及瓶子在等待被注滿時完全虛空狀態的幸福，也許是兩種不同的喜悅罷，如同我在擁有你和渴望等待你是兩種不同的快樂。

我感覺到輕觸上頜的舌尖有著微小的芳甘，感覺到唾液在口腔四處的滋潤。我以舌尖舔觸牙齦，細數每一粒如貝類的牙齒排列的關係。我以舌頭滋潤嘴唇，感覺最細微的肉體柔軟的變化，彷彿舌頭的柔軟和嘴唇的柔軟將彼此配合著發出聲音來了。

並沒有聲音。也許清晨靜寂，我的肉身尚在覺醒之中。我盤踞的兩腿重新感覺到肉身的重量。我微微轉動足踝到趾尖，我感覺到小腹到股溝間一種體溫的迴流，彷彿港灣中的水，在那裡盤旋不去了。使全身微微熱起來的力量，便從那裡緩緩沿著背脊往上攀升，穿過腰際兩側，到肩胛骨。彷彿攀登大山，在艱難的翻越過後，有小小的停息，爾後再從兩肩穿越頸項，從腦後的顱骨直上頭頂的顛峰。

我要如此做肉身的功課啊！

也許因為荒怠了肉身的作業罷，我們才如此容易陷溺在感官的茫然中，任由感官欲念的波濤沖擊，起起伏伏，隨波逐流，不能自已。

肉身的作業，是在肉體上做理知的認識，重新認識一個純粹由物質構成的身體。肌肉，骨骼，毛髮，每一個器官的位置和條件，呼吸和血流的秩序，心跳脈動的節奏，Ly's M，我這樣重新認知了自己的身體。彷彿再一次走進廢墟瓦礫的安哥城，看到一切殘壞坍塌的柱梁楣栱，看到物質結構的瓦解崩頹，不再有感傷的動念，只是從物質的成住壞空上知道了自己肉身的極限。

「一切都如此虛惘！」

是的，我深愛的Ly's M，我在肉身裡了悟虛惘。我在肉身裡的眷戀、貪愛、不捨，其實也正是去修行肉身的基礎罷。

今日在大樹下靜坐，肉身端正，一心思念你。有時心中震動，眼角滲流出淚水。淚液在臉頰上滑下，感覺到一種微濕冰涼，但瞬即也就消逝。

靜坐中有四處走來的人。他們彼此嬉笑推擠，爭先恐後搶佔樹下的一席之地。我知道他們是我在荒蕪的城中遇見過的人。他們大多是貧窮者、殘疾者、痴愚者、斷腿缺手、瞎眼或喑啞。但是他們和我一樣，都如此貪愛肉身。我可以感覺到那雙腿從膝關節以下鋸斷的男子，努力著在樹下把剩下的腿股擺成盤踞的姿勢。他努力了很久，終於找到一個滿意的樣子，別人看起來仍然歪斜可笑，他已是一心端正著靜默起來了。我耳邊聽到那喑啞的喉嚨，含糊不清地唱讚著經文，據說是在戰爭的大屠殺中被虐害，割去了舌頭，以懲罰他在革命前以歌聲聞名的罪，Ly's M，我在那喑啞古怪的喉底滾動的聲音裡聽到了他未曾失喪美麗一如往昔的聲音。

我在樹下靜坐，與這些肉身為伴侶，知道或許一起唸過經文，來世還會有肉身的緣分，如同此時的我和你。

在這個荒棄在叢林的廢墟，在一切物質毀壞虛惘的現世，在大屠殺過後的戰場，四處是不及掩埋的屍體，活下來的眾多肉身裡，無舌、無眼、無耳、無鼻、缺手、斷腿，Ly's M，我是在這樣的道場開始重新修行肉身的功課。

那名在戰爭中被酷刑剜去了雙目的美術老師，顫動著她深凹瘢疤的眼眶，似乎仍然看到了琉璃或琥珀的光華，看到了金沙鋪地，以及滿天墜落的七寶色彩的花朵。

我們不知道，為什麼眼、耳、鼻、舌，犯了如此的罪業。剜眼、刺耳、割鼻、斷舌、肉身的一切殘害似乎隱喻著肉身另一層修行的意義。

但是，我還不能完全了悟。

如同我還不能知道為什麼我們的肉身相遇或離棄。

不能完全了悟虛惘與真實之間的界限。

在這個細數不完戰爭的罪行的場域，田地裡仍然掩藏著遍布的地雷。每一日都有無辜的農民或兒童，因為工作勞動或遊玩發生意外。每一日都增加著更多肉身的殘疾者。他們哀嚎哭叫，在簡陋的醫療所割鋸去腐爛的斷肢，草草敷藥包紮。不多久，就磨磨蹭蹭，嘗試著用新的肉身生活下去。磨磨蹭蹭，擠到廟宇的門口，和毀壞的城市一起乞討施捨。

毀壞的城市曾經華美繁榮過，毀壞的身體也曾經健全完整過。

在無眼、無耳、無鼻、無舌的肉身裡，依然是色、聲、香、味的世界。

我看到那憤懣的穿黑衣的青年也自遠處走來樹下，在與眾多肉身的推擠中，他也將來樹下一坐嗎？

Ly's M，我也看到了你，我知道，在色、聲、香、味、觸的世界裡，我還要找到你，與你一同做肉身未完的功課。

一九九九年三月　柬埔寨

# 在波希米亞的時候

「你是否安然無恙？」

我的祈禱文中只有一句，

但我的眼中已被淚水充滿。

Ly's M，長久以來，我一直夢想著帶領你去看廣大的土地。沒有山，沒有房舍遮蔽的草原。視覺可以達到很遠很遠。像你酣睡時的身體，微微起伏的線，連綿不斷的線，層層疊疊，平坦而又和緩。使人覺得可以躺臥，可以沒有顧慮地沉睡，用一千年的時間作一個夢。醒來時，仍然是微風吹拂，草原如海浪的波濤。也許起身四處閒散走一走，或從草坡上斜斜滾下去，或者仍然睡著，繼續作一個一千年的夢。Ly's M，因為土地廣大，歲月也變得遲緩，睡夢和現實之間沒有了太大的差距。我們匆匆醒來，又匆匆睡去，已逼近另一個千禧年了。

我想在那樣的土地上擁抱你，親吻你，和你共有一個長達一千年的夢。

車子在廣大的土地上行走。路延伸到遙遠的天際。夏末秋初，土地上殘留著收割後的麥梗，一種明亮的金黃色，錯雜在青綠的草坡之間。

土地中有歌聲響起，是工作中的農民，在農忙之後，用沉厚的聲音詠唱起來。歌聲在空曠的原野上好像無止無盡的回聲，從四面八方，加入了許多人的和聲。

這個地方，在古老的語言中被稱為Bohemia。

波希米亞，關於這個字彙，你會不會也有許多聯想？

或許曾經是流浪的族群的原鄉罷，波希米亞，彷彿是鄉愁的原點，人們從這裡出發，走到天涯海角，但是，心裡永遠惦記著故鄉，是不能忘懷的故鄉，是遙遠的故鄉，是再也回不去的故鄉，如同你，Ly's M，我在世界的每一個角落想念你，你是我心靈鄉愁的原點，在一張龐大而繁雜的地圖上，我流浪的蹤跡始終從那原點出發，也渴望著回到那看起來渺小的原點。

人們是懷著對一個原點的愛與思念去流浪的。

所以那土地裡的歌聲便隨著流浪者的鄉愁傳唱到很遠很遠。

歌聲裡有對土地的眷戀，有對故鄉的思念，但隨著愈來愈遠的流浪，隨著回不去的憂愁，歌聲中便有了哀傷。

好像草原上空飄浮的白雲，波希米亞注定了流浪的宿命。

流浪和定居是多麼不同的兩種概念。

天上的雲，流動的伏爾塔瓦河，風中的種子，都是流浪的；流浪是對土地的背叛，拒絕安定，拒絕領域和界限。波希米亞，是在風中飄飛拒絕落土生根的一粒頑強的種子。

流浪也常常與戰爭有關。

我在土地中聽到歷史的哭聲。許多馬蹄踐踏過麥田，燒毀了農舍，放起熊熊的大火。女子被兵士姦淫，嬰兒和牛羊一起遭受屠殺，鮮血浸潤著土地。紅如礦石的土地上，更增加了流浪者的隊伍。他們出走，想尋找沒有戰爭的地方，尋找可以把牛羊和嬰兒養大的地方。他們成群結隊，走過一個又一個被燒毀的村落，決定永不停止地走下去。

歌聲中除了對土地的詠唱，多了流浪的憂傷，也多了哭聲和馬蹄聲。

鮮血匯流成為更洶湧澎湃的伏爾塔瓦河。

Ly's M，在這片廣大的草原上行走，彷彿你就在身邊，依靠著我。有時有哭聲，有時從噩夢中驚醒。我一次又一次用歌聲安慰你，使你不再畏懼，可以安穩入睡。

流浪的民族有特別美麗憂傷的歌聲。在漫無邊際的流浪中，歌聲使他們有了匯聚的呼喚。此起彼落，前呼後應，歌聲使鄉愁變成一種信念。

我走過一些古老的修道院，很樸實的岩石砌成的尖塔，低矮謙卑的迴廊，溫和優美的拱門，方整的庭院，修行者在鐘聲響起時抬起頭看庭院中日色已斜，他放下手抄了一整天的經文，走到祈禱室，和在牆壁上描繪聖像的畫工閒談了一會兒，畫工說：今天又有一隊農民出走，把麥穗馱在牛背上，女人抱著嬰兒，男子背負沉重的農具，向南走去了。

修士皺起眉頭問：南邊沒有戰爭嗎？

他端詳畫工新畫好的受難圖，受難者臉上有特別慈愛悲憫的表情，低垂的眼睛彷彿噙著淚水。

畫工用赭土打底，等乾了以後，先拿燒成炭的柳枝勾繪線條，然後按照老師傅的方法把一缽一缽的礦石研磨成色彩美麗的細粉。他選擇出最華貴的藍色（用土耳其孔雀石磨成細粉後閃爍著寶石的光），他謹慎地在缽中傾倒進一點調和著醋的蛋清，使礦粉可以附著在牆壁上，他也已經懂得從北方畫師那裡學到的在礦粉中加油的技巧，使牆壁上的聖像多了一種光澤。

在天色暗下來的時候，他點起松脂的火炬照明。修士在跳動的火光裡看到每一尊聖像寧靜的面容，彷彿從幽暗的牆壁上顯現的神蹟，彷彿在戰爭，屠殺，姦淫，在巨大的哭聲與叫聲中唯一安靜的歌聲，修士自己眼中充滿了淚水，便跪在一尊受難像下，靜靜唸起祈禱文來了。

Ly's M，為什麼有時我是在淚水中醒來，發現你並沒有依靠在我身邊。你在流浪的途中遭遇到什麼？你經過的林莊是否還安然無恙？大樹上是否不再有懸掛的屍體？伏爾塔瓦河的水波中沒有血痕？長大的嬰孩已拿著野地的花朵蹣跚行走？Ly's M，我們好像走過一千年的土地，在戰爭和屠殺中歷劫而來，洗淨了血汙，第一次可以在幽靜的河邊彼此凝視，辨認流浪於生死途中飽經風霜的面容。

「你是否安然無恙？」

我的祈禱文中只有一句，但我的眼中已被淚水充滿。

我拿起照明的松脂，在天色降暗之後，Ly's M，我知道只有在那仍然留白的牆壁上有你最美的容顏，我細細端詳那片牆壁，看到你隱約的五官在向我微笑，我舉高一點火炬，你額頭上飽滿的光就更明亮一點，你仍然帶著憂傷的眉宇下有著特別清澈的眼睛，流動著如同伏爾塔瓦河的水光。

Ly's M，你一定要這樣永久微笑著，使這面牆壁成為歷史上的聖殿，使每一名在戰爭與屠殺中受苦的流浪者在這裡找到安慰與祝福，我要用最昂貴的礦石研磨成如石榴般鮮紅的色彩，它們將一筆一筆在牆壁上沾潤出你微笑著的嘴唇的形狀，柔潤的，飽滿的，充滿祝福與安慰的微笑，那麼確定地顯現在神蹟般的牆上。

Ly's M，我們要在那一面斑剝的牆上彼此相認。

每一次出走和流浪都是為了要久別重逢。

曠野中有浩蕩的歌聲，他們從低沉的和聲裡找到了可以高聲齊唱的基礎，他們發現此起彼落、前呼後應便是歌聲可以流傳久遠的原因。

歌聲使馬蹄聲逐漸遠去，歌聲和伏爾塔瓦河的水流聲合唱，歌聲成為波希米亞草原上遠遠吹去的風，使草葉和麥浪翻飛，使太陽的光影和雲的流動一起奔馳，使大地起伏，路連綿到遙遠的天邊。

我在盛大的歌聲中想起我的鄉愁，我的流浪，以及我永恆愛戀的土地和你，Ly's M，我大步在曠野上行走時，覺得你微笑的面容一直伴隨著我。

我遇到了那名唸祈禱文的修士，我遇到了那名在修道院牆壁上彩繪聖像的畫工，他的名字在牆壁的角落被發現，用工整的拉丁文寫的：Theodoricus。

我也遇到了在草原上用樂譜記錄歌聲的作曲家，他一個村莊一個村莊地行走，靜靜地坐在大樹下聽遠方傳來的農民的歌聲，他在曲譜的扉頁，用新的民族語言寫下了音樂交響詩的題目：我的祖國。

一九九九年八月八日　波希米亞

# Ly's M，我回來了

在一千年的漫漫長途上走走停停，

我們相認、告別，告別、相認，

每一次告別都傷痛欲絕。也許，在哭過的地上，

青苔滋漫，連走過的屐痕都不可辨識了。

你卻坐在另一株樹下，在滿天的花蕾中與我微笑相向。

我淚痕未乾，也只有破涕而笑，與你再次相認。

在流浪過許多地方之後，回到這個島嶼，回到距離你很近的地方，回到你的身邊。可以擁抱你，撫摸你，聽你羞赧不清楚的聲音，感覺你在初入秋的夜晚溫暖的體溫。

你是近在身邊嗎？

我恍惚間好像從一個長久的夢中醒來，發現不是回來和你相見，而是告別。

我在遙遠的地方思念的你，是否更具體、更真實呢！

C說：我從來不曾愛戀過你。她說我愛戀的不過是我心目中一個完美的幻象而已。

是嗎？這個我分分秒秒思念牽掛的對象竟然只是一個幻象嗎？

那麼我之於你呢？是否也只是一個幻象？

我們是在虛幻中相見與相愛嗎？

在幻象覺醒的時候，我還眷戀不捨嗎？我明明知道那是幻象，還願意把這虛幻之象執著成真實的存在嗎？

在暑熱剛剛消退的季節，我窗前的河水異常澄靜，幾乎是透明的，映照出天上碧藍的天空和白色的雲朵。這是你看過的風景嗎？我以為對你有深刻記憶不能忘懷的風景；但是，也許只是我臨流獨坐在窗台前打盹間剎那的一個夢境罷。

秋天的光是接近銀灰色的。像一種會發出聲音的金屬，在水面上泛著冷冷的光。一名熟悉的水上警察局的員警把巡邏艇駛近我的窗台。他在船頭微笑。他的橘紅色的制服襯托著黝黑深褐的皮膚，使人記得陽光明亮的夏天剛結束不久。

「上來喝杯茶，」他說。

「沒有碼頭，可以泊岸嗎？」我在窗台上回答。

他笑了笑，在船頭上脫去了制服，穿著一條短褲，跳進淺水的河岸，踩著泥濘，像一隻蹦跳的魚，不到兩分鐘，已經站在我面前了。

他去浴室，把腳上的泥沖洗淨了，拿了一條大毛巾擦乾。我也正好沏好了茶，連茶盤一起捧到窗邊的小几上。他從小碟中撿了一顆梅子含在口中，然後滿意地坐下來。盤著腿，把熱茶盞湊近鼻前。揭開蓋子，一縷熱氣白煙夾著茶的香氣，他深吸一口氣，非常滿足地說：「真好！」

是什麼「真好」？他指的好像不只是茶，不只是梅子，不只是窗前的小几，窗外一條正在漲潮的大河波光粼粼；不只是大河上浮泛著秋日銀色透明的光，不只是一個近傍晚的下午可以這樣偷閒坐在朋友面前相對無言。

Ly's M，我不確定是什麼使這個朋友滿足地說：「真好！」而我也覺得「真好」。覺得茶與天上的雲，面前的人與河水，我和一碟青梅，都天長地久，永遠在那裡。或者，也沒有在意永遠或不永遠的事，只是一種自在罷。

那是告別你之後很安靜的一個下午。西邊晚霞絢爛的光，投射在河對岸大樓的玻璃上，流動著淡而薄的一種粉紅，像那個美麗的男孩了送給我的桔梗花的顏色，我不知道應該記憶的是桔梗花，還是夕陽。它們很近似的粉紅色飽含著感傷、欲望、眷戀，但是，我知道那是告別了。

「一開始我就知道那是一本告別的書。」我說。

「很多人把它當作戀愛的書來閱讀。」

「它是一本戀愛的書，但一開始我已經知道整本書只是為了闡釋告別。」我提醒他：「你不記得那一隻玻璃杯嗎？」

「玻璃杯？」

「握在我童年的手中的杯子，一開始就破碎了。」

「那麼為什麼繼續不斷寫下去？」

「書寫首先是一種自我治療罷。」

「治療自己？」

「是的。」

「對其他的人呢？」

「應該沒有意義。」

「但是許多人在閱讀。」

「與我無關，那是他們的事。」

Ly's M，我其實已記不起你的容貌。你是不是有常常鎖緊的眉毛，鬱暗的眼神？你是不是在臉頰上有如瓶蓋壓過的疤痕，在每次喝酒之後就特別明顯？你是否在短短的鼻子上有較大的鼻孔？以及肥厚而且顏色紅潤的嘴唇？

你是否刻意把額前的髮蓄長，用來遮蓋太過高的額頭？我為什麼彷彿在備忘錄一般努力確定那在消失與遺忘中的許多細節，彷彿覺得應當在遺忘前非常認真地記憶一次。而那些備忘的細節是我在確定要和你告別時便做好的功課罷。

我用了告別之後大約兩個星期的時間把有關你身體的備忘錄寫完。好像埃及人處理一尊尊貴的屍體。他們切開腹腔，把內臟一一取出，藥物處理後，依序放入陶罐中，以蠟密封好。他們也以細金屬絲從鼻孔穿入，掏出死者顱內的腦，必須掏得很乾淨，再以陶罐盛貯。在內臟和腦處理乾淨之後，這尊軀體才以鹽擦拭，使身體中的水分吸乾，塗上香料和藥物混合的防腐劑，以細亞麻布一層一層包裹起來。

Ly's M，遺忘是一件艱難的事。

用埃及人的方法，把一尊愛戀過的軀體一點一點包紮密封起來，如同我在筆記上對你的身體做的細密的備忘錄。那裡有你身體容貌的每一個細節，從骨骼到毛髮，從你的聲音到眼神。然而，我知道，所有埃及人處理成木乃伊的身體，無論多麼精密，畢竟已遺失了生命本身。

那本備忘錄將深藏在金字塔底層不為人查尋的角落，沉睡一千年、兩千年、三千年，也許更久。在最堅硬的岩石也坍塌風蝕之後，或許會露出一點點端倪，然而那時，備忘錄中的文字也已無人可以解讀了。

這是一個艱難的遺忘過程。我沒有遺忘，我是用更多細密的備忘錄，使你成為永恆的記憶，成為在時間與歲月中被封凍冰存的一具完美的記憶的屍體。

你以為那是一種遺忘嗎？或是一種更深的使記憶永恆封存的方式。

在滿月潮水上漲的時候，我把曾經放在案頭的一面沙屏帶到河邊。沙屏是用兩片玻璃合成，中間以藍色的液體浮游著細細的鐵沙。玻璃用金屬固定在鐵座上，每次調整位置角度，屏中的細沙隨藍色的液體流動，彷彿海浪，彷彿流雲，有許多變化。

Ly's M，你曾經在我的案頭撥弄那面沙屏，像專注於遊戲的孩子，目不轉睛，看著沙與液體緩慢流動。

我在潮水漲滿的時刻，把沙屏從鐵座上拆卸下來，把沙屏平放在水上，沙屏如一片排筏，在大浪上漂浮了一下，隨後在波浪中沉沒了。

在不可知的海底，它金屬的鐵框會逐漸鏽蝕。玻璃或許破碎，或許被海底的貝蠣草藻纏繞，不再透明發亮。藍色的液體和細沙都更像應該回到海洋原本的狀態罷。我終於知道，它們一開始就注定要回到那邃深幽暗之處，它們在我案頭被陽光明亮照耀的時日也只是那更深的海洋處所回憶的片段幻象罷。

這是一年月亮最圓滿的一個夜晚。這是這個一千年來最後一次月亮最圓滿的夜晚。我在滿月的光華中使沙歸回為沙，使水歸回為水，使流動的液體與水波一起逝去，使歲月在歲月中消逝，使我們相認與相眷戀的歲月在浩大的不可知、不可尋覓、不可索解與不可辨認的茫漠歲月中消逝退遠，如同那在大潮的波浪上載浮載沉而終究沉沒無蹤的沙屏一樣。

剛剛發生過的巨大地震，使這個一向沉迷於月圓節日的地方變得異常荒涼。這是一千年來最後一次的月圓了。大約在這個一千年剛剛開始，一個站在河邊的詩人寫下了「月有陰晴圓缺」的句子。「圓」有特別的意義嗎？那些用最堅硬的玉石碾磨成的玉璧，長久以來，寄託著圓滿、團圓……等等祈願與祝福。

然而，月亮是照例圓滿了。我捻熄了燈，一屋子都是滿滿的月光。朋友們靜坐幾個角落，都沉默不語。

圓滿的月亮升在寧靜山河的上方。因為災難，暫時隱匿不出的生命使大地看起來如同洪荒。圓滿的月亮與大地震動無關，它照例圓滿，但圓滿對災劫中的生命仍有特殊的意義嗎？

圓滿的月亮升起在城市的上方。因為地震倒塌的樓房相互堆擠疊壓。是被不可知的巨大命運的手捏碎的，推倒的。許多尋找不到的屍體仍在瓦礫堆中，許多倖存的人徘徊在瓦礫堆旁，用期盼不捨的眼睛看著殘破的廢墟，彷彿期待這樣目不轉睛地凝視，可以使死者復活，可以使失蹤的親人出現，可以使奇蹟出現。

我們常常這樣睚眥欲裂地凝視著什麼嗎？如同我在窗口凝視你的出

現，如同在一個書店的旋轉梯下凝視一種奇蹟，如同在許多異鄉的城鎮凝視那個你下一刻即將現身的街角，如同那些在瓦礫廢墟間我汩汩過止不住的淚水，知道再專注的凝視都救不起那些死亡，所有圓滿的月光下都是漸行漸遠的背影，以及在荒涼的死域中那些隨風飛舞的紙灰，紛複迷離，使凝視也只是絕望。

死者的名單一再傳來，死者的數目一再增多。那長長的名單中小小的字體，讀起來陌生而又熟悉。與我無關，又都彷彿親人。Ly's M，為何我在每一個行間都閱讀到你的名字，重複重疊出現在每一個角落。那是你嗎？我驚恐、疑慮、慌張，心痛如絞，知道每一個倖存者都如此與死亡貼近，與每一具殘斷模糊不全的軀體貼近，想用全部的身體去再一次感覺那軀體的呼吸、心跳與溫度。

大地起這樣的震動，使我警悟眷愛的痴頑愚昧嗎？大地起這樣的震動，使我看到堅固的岩石鋼鐵如何斷裂，看大山如何傾倒，土石如何崩頹，河流與海洋如何截斷、逆流，哮叫而奔騰。

大地起這樣的震動，要斷滅我凝視的專注，要徹底撕裂我執著纏綿不捨的牽掛與思念嗎？

Ly's M，我們終結在大地震動的斷滅之中，如同一隻小小的玻璃杯的斷滅，我們只是活在大大小小不同的斷滅之中而已。「來日大難，口燥唇乾」，還有更大的災劫在生命的前途等候。在哭叫，各自奔逃的時刻，我竟還想回頭看望；但是，山崩地裂，煙塵瀰漫，如同那古老寓言中的警告，我一回頭，就將是僵硬不動豎立的鹽柱。Ly's M，你走過時，如何辨認我已被火焚風蝕的容顏啊！

Ly's M我思念你。在巨大的災難中，知道擁抱終究無法擁抱，親吻終究無法親吻。知道如何緊緊牽握交纏的手指都終究要放開分離；知道我如何眷戀不捨的一次又一次的撫觸，終究再也無法使冰冷的軀體重新恢復溫度；知道或許沒有任何原因，只是緣分已盡已了。所以再深情的凝視，也看不到你從街角或窗口出現；再重複的叮嚀，也呼喚不起任何聲音的回應。我站在土崩瓦解的大地上，看零亂的廢墟，嗅聞空氣中開始腐爛的肉體的氣息；看到驚逃的野犬和蜥蜴，搖擺著尾巴；聽到瓦礫下猶有嬰兒的哭聲，聽到我自己在荒寒的風中哀傷的哭泣。Ly's M，大地要起這樣的震動，使我知道愛戀的斷裂崩殞連結著天地的變滅。我們用一千年準備了一次相認，在這相認的時刻，與歲月糾纏，我在世紀的河岸等候，在千年的臨界止步，覺得與你還有一千年的緣分未了，為何天地就開始震動了，要用眾多生命的死亡來祭祀一次相認與告別。

磚、瓦、木材、水泥、鋼筋，大地的震動使我們知道沒有一種物質是真正堅固的；Ly's M，我至愛的你的身體，是堅固的嗎？或亦如物質般脆弱，將隨大地的震動崩潰支解，將隨風化流逝，是我再深的愛戀也無以挽留的啊！

Ly's M，因為你，我才能如此真實地去認識這個世界，知道愛戀你是一種真實，而在失去你的時刻，思念與牽掛也如此真實。我們存在於一層薄而又脆弱的地殼表面上。我們始終不願意相信，我們腳下的泥土是一直在移動的；它們並不堅固，它們每一分每一秒都在旋轉。它們的旋轉也不會因為我們的恐懼、祈願，有任何的改變。它們有自己存在與運行的規則，是比我們更大的存在與運行。

Ly's M，我們稱為毀滅的，並不是毀滅；也許只是運行的規則罷。關於地殼板塊的組織，關於它們的擠壓或移動，我們所知有限。如同在汪洋大海間棲居於一小片浮葉上的螻蟻，我們覺得大地震動了，而對於汪洋大海而言，只是一點小小的波浪的起伏罷。Ly's M，我是在以浮葉上棲居的卑微戀愛著你嗎？我以為緊緊擁抱你的時刻天地都要因此靜止，風停、浪靜，浮葉不再搖動，Ly's M，我執迷於貪嗔痴愛，因此看不見四面都是汪洋大海。

是的，大地起如此巨大的震動，使房屋倒塌，使山陵塌陷，河堤潰決，使生命的軀體哭叫奔逃，使一夕間天崩地裂，Ly's M，我想起常常讀的漢詩的句子，「山無陵，江水為竭，冬雷震震，夏雨雪，天地合，始敢與君絕」。那樣絕決的賭咒與發誓，在天崩地裂的大毀滅中，猶信念著我們是以一千年的時間來相認的，此去千年，愛別離、怨憎會，或者求不得的傷痛苦惱盼望，我們也都無念無悔。

在一千年的漫漫長途上走走停停，Ly's M，我們相認、告別，告別、相認，每一次告別都傷痛欲絕。也許，在哭過的地上，青苔滋漫，連走過的屐痕都不可辨識了。你卻坐在另一株樹下，在滿天的花蕾中與我微笑相向。我淚痕未乾，也只有破涕而笑，與你再次相認。

一九九九年十一月十一日　八里

# 尾聲

大部分時間，我在三萬英尺以上的高空書寫有關Ly's M的系列篇章。雲層遮蔽了向下俯看的視線。雲層湧動變幻，形成可以聯想或不能聯想的形狀。有時在書寫中睡去，握著筆，停在某一個稿紙的空格上。醒來時，窗外皓月當空，一片銀色的光，泛著幽微的灰藍。或許覺得夢中有依稀的淚痕，卻又往往破涕微笑。覺得浩大的寂寞裡彷彿有微微的體溫，如此熟悉，是千百劫來流轉於生死途中可供記認的誌號罷。

Ly's M猶豫憂愁，內心柔弱徬徨。當他從書店的旋轉梯走下時，我知道，經過幾世的流轉，要在此刻與宿命相認。

也許，記認和遺忘竟是同時並存的一種因果。

Ly's M，我時時記認，是為了時時遺忘嗎？

終有一日，在另一個不可知的旋轉梯的某處，我們或許再也認不出彼此。在另一個一千年的盡頭，寫給Ly's M的種種，灰飛煙滅，也不再有人可以記憶辨識罷。

Ly's M有一年的功課，我也有一年的功課。

我們肉體與心靈的修行都異常艱難。

港灣裡巨船進港的沉沉汽笛鳴叫，伴隨著Ly's M微微入睡時的鼾聲。我起身佇立窗前，腳下燈光繁華如此，如同Ly's M，你久經我撫愛的肉體，夜裡驚寤的剎那，我於此世繁華，竟無欣喜，也無悲憫。

我在你離去時允諾一年的書寫，時斷時續，或亢奮激動，或一時沮喪絕望，幾至停筆，終於在這千年交界時刻完成。我其實無法了悟，允諾完成的意義；一時茫然，只是怔忡發呆而已。

完成的功課，交到你的手上，我期待被嘉勉鼓勵嗎？或是只為自己艱難走來，終於可以如釋重負。

答應過你，Ly's M只是我們的隱私，與任何他人都無關係。你也如此允諾，在眾多喧譁中，我們只記認了彼此能夠辨識的笑容與體溫。

一九九九年十二月二十日　Malaysia

【2010經典版評述】

# 如傷口如花，愛情兀自綻放

阮慶岳

是一本以一年以十三封書信，對一段剛消逝愛情作追憶的似水年華書寫。

在懺情與自我思索間時時徬徨躑躅。因為，愛情與道德總交錯織錦，岔路口屢屢或共行或分道而馳，肉身期盼覺醒如春日的花，波希米亞的召喚也浪湧如神諭，卻總有愛情的想像阻路，如神祇如形而上的哲學，悠悠難跨越。

敘述者時而端莊如成年者，忽又純淨簡單如孩童，話語指向則悠乎在一人與普眾間流轉，彷彿一盼目，便可天上人間。是啊，進入若需蒙恩寵，離去仍要許可嗎？是啊是啊，迎迓與告別的身姿可以不同嗎？有如，眼淚究竟應是象徵悲或喜呢？

雖是告別的書，也是本期待的書。期待一種新的生命可能，在一種新道德的社會裡存有，是對誕生的禱語。

當然也嗅聞得關乎背德與救贖的迴思。恰如紀德在《地糧》裡所寫：

奈代奈爾，現在我已不再相信罪惡。

是的，這本書對於愛、對於哀傷，與對必須熱烈生活的態度，皆讓我想起紀德。就再讀一段《地糧》吧！

奈代奈爾，不要以為我會濫用這一類的寓言體裁，因為就連我也不十分贊同的。我希望教給你的唯一智慧是生活。因為，思想是一種重擔。我年輕的時候，由於不斷監視自己的行動而疲憊，因為那時我無法肯定是否不行動就可以避免犯罪。

於本書，也許有更多的生命檢視與自我釐清，有如走索人忽然回望的灼灼目光。因此，自然透露了更多的口岸與訊息，彷彿那急著傳遞密碼的諜報員，在報訊的神祕與期待被了解的兩難間，特別透露出來的某種困惑與遲疑，以及因之而生的犀利與重要。

這，究竟是小說還是懺悔錄？或說，這二者的差別是什麼？

因為這是本既淡也濃的書，一如所有亙古的愛情，渺渺幽幽。作者親身帶領我們走過這樣某個或許曾臨的花季，而我們都知曉這一切的短暫與必然，因為那正是傷花與葬花的生命過程。然而，卻不能知這一切作為記憶的必要，到底該有多少？恰如那一地繽紛又泥濘的花瓣，究竟是美還是悲，是路途還是終點。

作為一年的分離承諾，當然可以終於結束，但愛情依舊扣敲門窗，如風雨如啼鳥，日日於你我的生命屋宇。

如是，我們應該要感謝愛情，以及關乎愛情的一切，譬如此書的誠懇坦露與書寫。因為即令愛情必然終將如傷口如花，也依舊會兀自綻放的……。

國家圖書館出版品預行編目資料

欲愛書：寫給 Ly's M（20 週年）/ 蔣勳著．
-- 三版．-- 臺北市：聯合文學，2021.8
216 面；14.8×21 公分．--（聯合文叢；680）

ISBN 978-986-323-391-6（平裝）

863.57　　110009635

聯合文叢 680

# 欲愛書：寫給 Ly's M（20 週年）

作　　者／蔣　勳
發 行 人／張寶琴

總 編 輯／周昭翡
主　　編／蕭仁豪
編　　輯／林劭璜　王譽潤
裝幀設計／林秦華
油畫與素描／蔣　勳
資深美編／戴榮芝
業務部總經理／李文吉
發行助理／林昇儒
財 務 部／趙玉瑩　韋秀英
人事行政組／李懷瑩
版權管理／蕭仁豪

法律顧問／理律法律事務所
　　　　　陳長文律師、蔣大中律師

出 版 者／聯合文學出版社股份有限公司
地　　址／(110)臺北市基隆路一段 178 號 10 樓
電　　話／(02)27666759 轉 5107
傳　　真／(02)27567914
郵撥帳號／ 17623526 聯合文學出版社股份有限公司
登 記 證／行政院新聞局局版臺業字第 6109 號
網　　址／http://unitas.udngroup.com.tw
　　　　　E-mail:unitas@udngroup.com.tw

印 刷 廠／鴻霖印刷傳媒事業有限公司
總 經 銷／聯合發行股份有限公司
地　　址／(231)新北市新店區寶橋路235巷6弄6號2樓
電　　話／(02)29178022



出版日期／ 2000 年 2 月　初版
　　　　　 2010 年 5 月　二版
　　　　　 2021 年 8 月　三版
　　　　　 2022 年10 月 21 日　三版四刷第一次
定　　價／ 350 元



ISBN 978-986-323-391-6（平裝）

【聯合文學】

蔣勳《欲愛書——寫給 Ly's M》20 週年
Chiang Hsun | A Book of Desire and Love

【聯合文學】

蔣勳《欲愛書——寫給 Ly's M》20 週年
Chiang Hsun | A Book of Desire and Love